CW01213175

Kansi: heinäseiväslato

Kuusikymmenvuotissyntymäpäivilläni oli koristeena pari heinäseivästä. Eräs entinen maanviljelijä näki ne ja sanoi: "Meirän laron seinällä nuata on vaikka kuinka palijon". Vaimoni Alice sanoi heti, että hän haluaa ostaa ne. Kaupat tehtiin ja hinnaksi tuli juhlajuomaksi varattu iso Koskenkorvapullo. Jonkin ajan päästä Alice antoi minulle käskyn: "Tee niistä lato".

Tässä se on – kesä siinä meni.

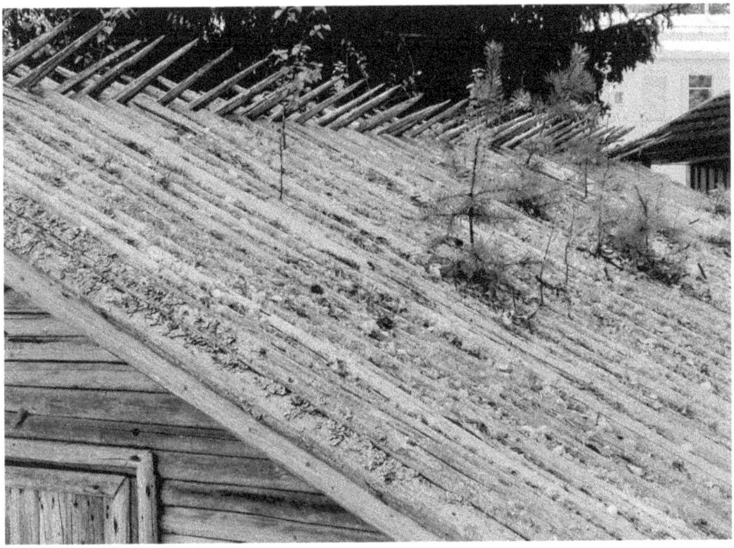

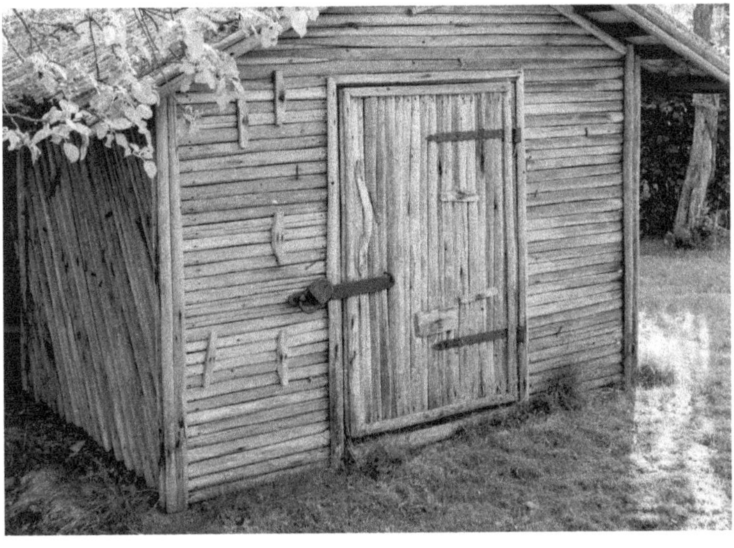

© 2024 Ilpo Karinen
Kannen suunnittelu: Ilpo Karinen
Sisuksen taitto: Charlie Davey & Annika Karinen
Kustantaja: BoD · Books on Demand GmbH, Helsinki, Suomi
Kirjapaino: Libri Plureos GmbH, Hampuri, Saksa
ISBN: 978-952-80-8258-3

Ihmisläheisiä riemunovelleja

Ilpo Karinen

Ihmisläheisiä riemunovelleja

Manuaaliset työt ja niiden loppu 1

Elämä yllättää 11

Rahan mahti 23

Kauppamatkustajan elämä 31

Nuorten elämää 60-luvulla 43

Jawa 57

Uudempi elämä 67

Uudempi elämä, osa 2 77

Heteka 89

Muusikon elämän yhteenveto 99

Manuaaliset työt ja niiden loppu

Manuaaliset työt ja niiden loppu

Elettiin 80-luvun puoliväliä. Iloisista 60- ja 70-luvuista oli vain muistot jäljellä. Veikko oli vähän yli nelikymppinen mies, joka oli niin sanotusti hyvä käsistään, ja lisäksi hänellä oli hyvä laskutaito. Hän piti numeroista, minkä ansiosta hän oli ajautunut laskentatöihin. Hän työskenteli vaatealan yrityksessä, jossa laskettavaa oli koko päiväksi, ja joskus päivää piti jatkaakin. Kaikki laskenta tehtiin manuaalisesti, ja tätä varten Veikko oli hankkinut uusimman Canon-laskimen. Se oli kooltaan 13 x 19 cm ja siinä oli riittävän isot näppäimet Veikon melko paksuille sormille. Sitä oli käytetty jo niin paljon, että näppäimistä olivat numerot kuluneet pois. Veikko oli hyvin tyytyväinen työhönsä ja myös yritysjohto tiesi, että hänen laskentaansa voi luottaa.

Veikon vaimo Elli ei ollut työelämässä, vaan piti kodin siistinä ja laittoi hyvää ruokaa Veikolle, kun hän palasi raskaan työpäivän päätteeksi kotiin. Heillä oli kaksi teini-iässä olevaa lasta, Ville ja Mirkku, jotka molemmat opiskelivat. Veikko oli tavannut Ellin 60-luvulla tansseissa, joita silloin oli tarjolla paljon. Heti ensimmäisellä tanssilla Elli oli liimautunut niin lähelle, että Veikko koki nopean ihastuksen, ja haki Elliä monelle tanssille. Elli haki naisten haulla Veikkoa ensimmäiselle tanssille, mikä merkitsi silloin sitä, että tästä lähdetään yhdessä kotimatkalle. Ja niinhän siinä kävi, että Veikko nähtiin Ellin yksiössä lähes joka päivä. Ennen Ellin tapaamista Veikko oli viettänyt melko mukavaa elämää – nauttinut nousuhumalasta, joka hiipi päälle jo muutaman neloskaljan jälkeen. Vielä Ellin tavattuaankin he joskus kävivät kaljalla, mikä tarkoitti käytännössä sitä, että Veikko joi ja Elli katsoi sitä epähyväksyvän näköisenä.

Tässä välissä on myös hyvä selventää näiden alkoholia koskevien termien merkitys, koska se on jossakin vaiheessa vääristynyt. Oikeat termit ovat seuraavat: "Alkoholin oikeinkäyttö" tarkoittaa sitä, että juo viinaa. "Alkoholin väärinkäyttö" tarkoittaa sitä, että kaataa viinaa maahan. "Käyttämätön" tarkoittaa sitä, että ei tee kumpaakaan edellä mainittua.

Veikon ja Ellin seurustelu jatkui, mutta pian Elli kertoi kehossaan tapahtuvista muutoksista, ja he päättivät mennä naimisiin. Elli halusi kirkkohäät ja hyvin verkkaisella aikataululla etenevän häätilaisuuden, joka aloitetaan aikaisin, jossa pidetään paljon puheita, jossa kaikkien ohjelmanumeroiden ja ruokailujen välissä on taukoja, ja häävalssi tanssitaan lopulta vasta kello 21:00. Elli lupasi myös hoitaa kaikki järjestelyt, joten Veikon ei tarvinnut kuin odottaa. Muusikot ovat nähneet tällaisia tilaisuuksia ja nimittävät niitä kidutushäiksi, joissa hääohjelman aikataulu venyy ja ihmisiä pidetään kuivin suin tuntikausia.

Sitten tuli häiden aika, ja kirkosta palattaessa hääkellojen vielä vaimeasti kumahdellessa Elli sanoi Veikolle selkeät sanat: "Tästä lähtien alkoholia ei sitten enää oteta". Veikko meni melkein sokkiin, mutta pystyi kuitenkin kävelemään tilaisuuden loppuun. Veikosta oli tullut "käyttämätön". Juhlapaikalle tultaessa Veikko tyrmistyi. Häätarjoilussa oli vain maitoa, piimää ja jotain punaista mehua, eikä tippaakaan viinaa. Veikon lisäksi siitä tuli monelle raskas ilta.

Näihin samoihin aikoihin Veikko opiskeli Tekulla ja oli viimeistä vuotta edeltävän kesän töissä vaatetustehtaalla, joten seuraavana keväänä hänet palkattiin töihin. Veikko oli iloinen siitä, että hänen heikkoa todistustaan ei koskaan kysytty, koska hän oli niin sanottu manuaalimies ja siksi kaikki oppiaineet olivat kovin vieraita. Yrityksen toimihenkilöillä oli päällään siistit valkoiset takit, aivan kuten lääkäreilläkin. Veikkokin sai valkoisen takin päälleen ja se tuntui hienolta. Näin alkoi Veikon manuaalinen laskentaura.

Veikko halusi myös olla vitsikäs ja yksi hänen vakiojutuistaan olikin se, että kun hän niin sanotusti unohti valkoisen takin päälle lähtiessään firman pakettiautolla kaupungille, niin ambulanssimiehet nostelivat käsiään. Ongelmana oli kuitenkin se, että kukaan ei nauranut hänen jutulleen. Eräänä päivänä tilanne kuitenkin muuttui.

Firmassa oli töissä Alfred-niminen mies, jolla oli sellainen vaiva, että hänen piti toistaa asioita. Hänen työnään oli yhdistää koristenappien ulko- ja sisäpuoli, eli laittaa ne yhteen ja napauttaa vasaralla niitä kolme kertaa, aivan kuten huutokauppakeisarikin lyö ovenpieleen. Työpäivän jälkeen hän ei kuitenkaan saanut vasaran liikettä heti pysäytetyksi, vaan toisti liikettä vielä jonkin aikaa. Koristenappeja alkoi olla valmiina jo melko paljon, mutta koska Alfredia ei vaivan vuoksi haluttu irtisanoa, työtä piti jatkaa. Kiinasta tilattiin aihioita 15000 kappaleen erä, jonka arvioitiin riittävän seuraavaksi puoleksi vuodeksi. Tehtaalle alkoi kertyä nappivuori, ja niinpä niitä alettiin lähettää lahjoituksena Afrikkaan erilaisten rituaaliasujen koristeiksi. Alfred oli myös erittäin lihava ja painoi arviolta ainakin 170 kiloa. Hänen lihavuutensa johtui siitä, että hänen piti aina toistaa ruokailu, eli syötyään hän alkoi heti laittaa uutta ateriaa.

Manuaaliset työt ja niiden loppu

Eräänä päivänä Veikko kertoi Alfredille tämän vakiovitsin – ja mitä tapahtuikaan. Alfred räjähti nauramaan ja hänen kolkko, kovaääninen naurunsa täytti koko tehdashallin. Nauru jatkui, ja tässä toteutui se kylpyammevertaus, jossa kaadettu vesimäärä aina tuplataan, ja näin määrä kasvaa nopeasti hurjiin lukuihin.

Niin tässäkin tapauksessa, eli 10 sekunnin naurun jälkeen jakso oli 20 sekuntia, sitten 40 sekuntia, jne. loppumatta. Tilattiin ambulanssi ja sairaalan kaikuvaa käytävää mentäessä nauru voimistui reilusti yli sataan desibeliin. Vaivaan kävi tutustumassa useita spesialisteja, mutta parannusta ei löytynyt. Alfred jouduttiin laittamaan letkuruokintaan, koska hän ei voinut nauraa ja syödä yhtä aikaa. Sitä kyllä kokeiltiin, mutta ruoka lenteli kaikkialle muualle paitsi suuhun. Jatkuva nauru kuitenkin häiritsi muita potilaita, joten tilattiin äänitysteknikko tekemään huoneen seinille äänieristeet. Eräs äänitehosteiden tekijä kuuli asiasta ja sai luvan äänittää Alfredin naurua tässä huippuakustisessa tilassa. Hän muokkasi ja editoi niistä hirvittäviä äänitehosteita jännityselokuviin.

Asiasta oli myös hyötyä. Silloin kun potilaiden tunnelmat olivat alhaalla, niin vietiin Alfred vähäksi aikaa käytävälle ja pian ilo palasi huoneisiin. Hyvin

5

pian myös todettiin, että tällä käytävällä potilaiden toipuminen oli paljon muita osastoja nopeampaa. Asia meni uutisiin ja sairaaloissa alkoi keskustelu siitä, voitaisiinko Alfredin naurusta saatavaa ääninauhaa käyttää potilaiden parhaaksi.

Alfredin sairauteen haettiin ratkaisuja ympäri maailmaa ja lopulta yli kolmen kuukauden naurujakson jälkeen Afrikan alkuasukkaiden joukosta löytyi poppamies, joka oli kohdannut tämän ongelman. Ratkaisuna oli loitsu, jonka piti lausua pimeässä huoneessa. Loitsu kuului seuraavasti: "Aagoksiaanimus dikooma spinder login out". Tässä tapauksessa se piti kuitenkin opetella ulkoa, koska pimeässä sitä ei voinut lukea.

Kerran päivässä Alfredin huone pimennettiin ja noin viikon päästä hän onnistui lukemaan loitsun oikein. Samalla nauru loppui. Veikko kuuli tästä parantumisesta ja oli suunnattoman iloinen, että asia ratkesi positiivisesti, eikä hän enää koskaan kertonut tätä vitsiään kenellekään.

Aika kului ja vuosikymmenkin vaihtui. Työelämä kehittyi ja sen myötä alkoi firmaan tulla tietokoneita. Niitä aluksi vastustettiinkin, koska pelättiin niiden vievän työt. Olipa eräässä isossa yrityksessä ostettu tietokoneet etukäteen valmiiksi. Ne olivat kuitenkin

Manuaaliset työt ja niiden loppu

varastossa odottamassa, että niiden käyttö hyväksyttäisiin, kuten lopulta tietenkin tapahtui.

Eräänä päivänä pomo kertoi Veikolle, että jatkossa hän saa työskennellä tietokoneella. Veikko säikähti, mutta arveli oppivansa työn. Pian hänen pöydälleen tuotiin tietokone ja oheen tulostin. Vähitellen työ alkoi sujua ja Veikko oli tyytyväinen. Olihan tässä vielä vähän manuaalistakin.

Mutta sitten kehitys alkoi tehdä isoja loikkia ja eräänä päivänä pomo tuli kertomaan, että nämä yksinkertaiset laskutehtävät saadaan suoraan tietokoneelta. Käytännössä tämä merkitsi sitä, että Veikko sai potkut ja sai lähteä talosta yhtä kovalla vauhdilla kuin Aku Ankka lähtee potkut saadessaan.

Siinä olivat vitsit vähissä. "Käyttämätön" mies ilman työtä, ja Elliläkin oli nykyisin usein päänsärkyä.

Heidän asunnossaan oli puulämmitys – hella ja kaksi kakluunia – joten pientä lohtua Veikko sai hakkaamalla polttopuita. Halkopino oli vähän kauempana pihalla ja eräänä päivänä Elli huomasi, että Veikko touhuaa siellä koko päivän. Se tuntui luonnottomalta. Asia kyllä selvisi, kun Veikko tuli tupaan. Hän yritti näytellä selvää, mutta sehän on tutulle ihmiselle mahdotonta. Elli ei kuitenkaan puhunut mitään, vaan sen sijaan haki neuvoa lehdessä olevalta palstalta, jonne hän kirjoitti seuraavaa: "Mieheni ostaa noin kerran kuukaudessa pullon viinaa. Hän juo sen päivän aikana halkopinon läheisyydessä hakatessaan polttopuita. Hän ei mitenkään häiritse ketään. Mitä teen – otanko eron?" Vastauksena oli, että tämä ei ylitä ongelman vähimmäisrajaa, joten emme vastaa siihen.

Veikon alkoholin oikeinkäyttö kuitenkin jatkui ja kuten tiedetään, tämä liukurata voi olla nopea, ja niin tässäkin tapauksessa. Parin vuoden päästä Veikko asusteli sillan alla muiden oikeinkäyttäjien kanssa. Tämä oli Ellille raskasta aikaa. Onhan se monesti nähty, miten avuton läheinen kanssaihminen tässä tilanteessa on. Veikon tytär Mirkku oli päässyt rikkaisiin naimisiin ja asui Helsingissä. Hän oli peloissaan, että viesti Veikon tilanteesta tulisi hänen miehensä korviin. Veikon poika Ville taas värkkäsi autojen kanssa kaikenlaista. Hän oli niin kutsuttu "Toyota-mies", mikä tarkoittaa sitä, että muut merkit ovat kuin ilmaa. Ville kävi Toyotallaan silloin tällöin tapaamassa Veikkoa, mutta tilanne jatkui. Veikolla oli kuitenkin ystäviä ja heidän keskuudessaan syntyi ajatus, että kyllä Veikkoa pitää auttaa. Veikko haettiin pois ja vietiin Lapualle tehohoitoon. Siellä alkoholin kyllästämistä henkilöistä tehdään raittiita. Siellä on moni julkkiskin saanut avun.

Vuoden päästä Veikko oli kartanolla selvin päin ja hakkasi polttopuita. Kaikki näytti hyvältä – aika kului ja elämä hymyili kaikille – kunnes...

Eräänä päivänä halkopinon vierestä löytyi kuollut lintu. Kuolinsyyksi selvisi, että lintu oli törmännyt halkojen välissä olleeseen puolitäysinäisen viinapullon pohjaan.

Elämä yllättää

Elämä yllättää

Vuonna 1969 ihminen kävi kuussa, mutta Matti sivuutti uutisen aika kevyesti, koska hänellä oli menossa paljon tärkeämpi tapahtuma, eli hänen tilaamansa kullanvärinen Ford Capri 1600 Gt oli saapunut autoliikkeeseen. Monen vuoden haave oli toteutunut, ja on vaikea kuvata sitä mielihyvää, mitä hän tunsi katsellessaan tietä pitkän konepellin takaa ja tuntiessaan auton voiman, kun hän painoi kaasua. Ford Capri oli ensimmäinen sulava urheilumallinen auto, ja niinpä Matin ollessa pysähdyksissä, saattoi joku työntää päänsä avoimesta ikkunasta sisään ihmetelläkseen näkemäänsä.

Matti oli karismaattinen, pitkä ja komea mies, ja jos ollaan rehellisiä, niin tietenkin uuden polven auto teki hänestä naisten keskuudessa entistä suositumman. Naisseuraa riitti ja Matti kohteli seuralaisiaan rennosti, mikä oli ajan hengen mukaista. Eräänä päivänä hänen vieressään Caprissa istui kaunis "lady"-tyyppinen, sorea nainen. Nainen oli nimeltään Kukka-Maaria ja työskenteli muotisuunnittelijana ja mannekiinina. Matti oli ylpeä siitä, että kyydissä oli tällainen upea nainen. Kanssaihmiset katsoivat hieman kateellisina, kun he Caprillaan lipuivat katua pitkin, penkit erittäin takakenossa ja luu pihalla. Sitten vielä kadunkulmassa vihreällä valolla kaasu pohjaan, jolloin Capri päästi valittavan ärjäisyn, koska käsky tuli niin äkkiä.

11

Kukka-Maarian elämänarvot olivat hienostotyyppisiä ja peräisin hänen sukutaustastaan. Jostakin syystä Kukka-Maaria oli kuitenkin hyväksynyt Matin seurakseen, vaikka tiesi hänen olevan maalta kotoisin ja tuskin ymmärtävän kaupungin hienoista jutuista juuri mitään. Tästä syystä heidän keskustelunsakin oli vähän kangertelevaa ja heidän oli vaikea päästä samalle aaltopituudelle. Matti kyllä huomasi tämän oman riittämättömyytensä monissa tilanteissa, mutta suhde kuitenkin jatkui. Matti piti kuitenkin suhteesta tiukasti kiinni ja niin vain kävi, että jonkin ajan päästä he olivat naimisissa.

Siitä sitten alkoi uusi elämä. Ehkä Kukka-Maariakin tässä vaiheessa huomasi, että heidän suhteessaan oli niin suuria arkikulttuurin eroja, että oli vaikea löytää yhteistä viihtyvyyttä. Matti esimerkiksi kuunteli mielellään nostalgisia iskelmiä, joiden tunnelma tuotti hänelle hienoja flow-elämyksiä. Kukka-Maaria taas ihannoi oopperoita ja operetteja. Musikaalitkin vielä kävivät hänelle, mutta nämä Matin kuuntelemat rallit olivat hirveitä.

Jo ennen heidän naimisiinmenoaan Matti oli rakentanut omakotitalon, joka 70-luvulla oli hyvä investointi. Hän oli sisustanut sen ajan hengen mukaisesti kokolattiamatoilla, pehmeillä huonekaluilla ja kirkkailla väritapeteilla. Kukka-Maaria ei

Elämä yllättää

ollut ollenkaan tyytyväinen tähän kokonaisuuteen ja niinpä eräänä päivänä asunnossa pyöri sisustussuunnittelija, joka kartoitti tilannetta. Suunnittelijan raportti oli Matille tyrmäävä. Pulleat, istuinmukavuudeltaan huippuluokkaa olevat sohvat vaihdettiin palasohviin, joissa istuinmukavuus ei ole pääasia, vaan värisävyiltään yhteensopivat runsaslukuiset tyynyt. Myös kaikki muut kalusteet vaihdettiin moderneihin. Lattiat ja seinät modernisoitiin. Saunan oleskelutilan leppoisan mukavat korituolit vaihdettiin intialaisiin joogaistuimiin, joissa istuma-asento on perin kummallinen, eikä tuoleissa ole selkänojaa ollenkaan. Matilla oli pitkä pinna ja hän ajatteli, että jos tämä nyt auttaisi suhteen paranemiseen, niin kokeillaan.

Aiemmin Matti oli asunut talossaan yksin ja tehnyt itse kaikki ylläpidon vaatimat työt, kuten ruuanlaitto, astioiden pesu, siivous, imurointi, vessojen pesu, roskien vieminen, pyykinpesu, pölyjen pyyhkiminen, vaatehuolto, juoksevien asioiden hoito, lemmikkieläinten kusettaminen, kiinteistön korjaukset, ruohonleikkuu, lehtien haravoiminen, lumityöt, ym. Tuleva trendihän oli, että nämä yhteiset työt jaetaan tasapuolisesti molempien puolisoiden kesken. Niinpä Mattikin ehdotti keskustelua siitä, miten työt voitaisiin jakaa, mutta Kukka-Maarian vastaus oli hyvin yksiselitteinen, eli hän totesi vain, ettei ole tullut tähän taloon piiaksi. Se oli siinä, keskustelua oli turha jatkaa ja Matti sai pitää kaikki tehtävänsä itse. Kukka-Maaria aktivoitui tästä kuitenkin siten, että hän alkoi seurata Matin töiden laatua ja alkoi valittaa niistä. Netissä olevan tiedon mukaan tällaiseen tilanteeseen ajaudutaan tavallisesti siksi, että sovitut asiat eivät ota tapahtuakseen. Näitä tekemättömiä asioitahan Kukka-Maaria löysi: kaappien ovet oli jätetty auki, vessan kantta ei ollut laskettu alas, kalsarit oli jätetty olohuoneeseen lojumaan, vessa oli jäänyt vetämättä, likaisia sukkia ei ollut laitettu pyykkikoriin ynnä muuta.

Tilanne alkoi olla Matille melko painostava, eikä asioille löytynyt enää mitään tolkkua, joten siinä tilanteessa syntyi päätös. Matti kasasi pöydälle sormuksen, kaikki avaimet ja kirjoitti viereen lapun, jossa luki: "Pidä kaikki". Sen jälkeen hän otti jenkkikassin, laittoi sinne vähän sukkia, paitoja ja kalsareita, ja käveli ulos. Tällaisen rankan päätöksen jälkeen asiat loksahtavat aivan uuteen järjestykseen ja mieliala seestyy vapautuneeksi, kun ratkaisu on lopulta tehty. Matti tunsi ihmeellistä raukeutta. Muutaman kilometrin kävelyn jälkeen hän näki naisen seisovan tienposkessa. Oli aika luonnollista, että Matti pysähtyi keskustelemaan, koska eniten hän tällä hetkellä ja tässä mielentilassa kaipasi ihmiskontaktia. Naisessa erikoista oli hänen lämmin

Elämä yllättää

ilmeensä, jossa myös silmät hymyilivät. Kun nainen alkoi puhua, syntyi empaattisen ihmeellinen tunne, aivan kuin he olisivat tunteet toisensa jo kauan sitten.

Nainen kertoi nimekseen Liisa, ja kertoi olevansa tienhaarassa opastamassa kuorma-autoa, joka oli tulossa hakemaan turnipseja hänen viljelykseltään. Pian mutkan takaa ilmestyikin pitkänokkainen Vanaja-kuorma-auto, jonka he viittoivat pysähtymään. Liisa kehotti Mattia tulemaan mukaan. Muutaman kilometrin päässä oli Liisan viljelys – noin kaksi hehtaaria turnipsipeltoa. Auton lava lastattiin lähes täyteen turnipsisäkkejä ja Matin mukana olo nopeutti lastausta mukavasti.

Auton lähdettyä he menivät sisälle ja Liisa alkoi keittää kahvia. Liisa tunnisti tilanteen ja totesi itsekseen, että nyt pitää kuunnella, mikä tämä varsin poikkeuksellinen tilanne on. Hänen ei tarvinnut montaa kertaa kysyä, kun Matti alkoi päästää tarinaa. Matti puhui ja Liisa kuunteli. Kesti neljä tuntia, ennekuin Matti oli saanut oksennettua kaiken pahan mielen ulos. Sitten hän vain jäi istumaan paikalleen. Sillä välin Liisa petasi Matille sängyn, johon hän laittoi vastapestyt ulkona tuuletetut vuodevaatteet. Liisa ohjasi Matin tähän puhtaalta tuoksuvaan sänkyyn, joka Matista tuntui melko ylelliseltä.

Tarinan ulostulo oli niin hyvä unilääke, että Matti nukahti heti ja täysin tyhjentynyt pää ei myöskään tuottanut mitään unia.

Aamulla Matti heräsi puuhellan lämpöön, joka erottuu omakseen kaikista muista lämmönlähteistä. Myös kahvi ja vastaleivottu leipä tuoksuivat. Matti ei ollut koskaan kokenut mitään tällaista ja oli täynnä hämmennystä, kuin pikkupoika. Kahvipöydässä Liisa kertoi luoneensa innokkuudellaan ja ennakkoluuttomuudellaan tämän pienen turnipsiyrityksen, joka alkoi pikkuhiljaa toimia. Miessuhteissaan hän oli ollut varovainen, vaikka kosijoita kyllä oli ollut. Oli kyllä suoranainen ihme, että näin positiivinen ja viehättävä nainen on voinut pysyä vapaana.

Kahvin jälkeen he lähtivät tutustumaan turnipsiviljelmiin. Oli aika mielenkiintoista, että näin karu tuote voi toimia elinkeinona, mutta Liisa oli tehnyt sen. Varsin monet olivat epäilleet hänen onnistumistaan, mutta saaneet sitten pitkän nenän.

Keskustelut jatkuivat ja ensimmäinen asia, joka kolahti kunnolla, oli se, että Liisa halusi kuunnella juuri samantyyppistä musiikkia, eli nostalgisia iskelmiä, joiden tarinoissa asiat monesti menevät huonosti. Sitähän ei vielä kukaan pystynyt sanomaan, mikä tässä iskelmien rakenteessa kiehtoo, mutta näitä kappaleitahan on tehty vaikka kuinka paljon ja suosio on aina ollut varmaa.

Tämä Matin ja Liisan yhtenäinen musiikkimaku oli se ensimmäinen liima, joka sitoi heitä yhteen. He eivät juurikaan välittäneet alkoholista, mutta joskus he ostivat sitä syventääkseen nostalgista tunnelmaa. Liisa osti lakkalikööriä ja Matti Koskenkorvaa, ja aina kun Matti oli vetäissyt pullon etikettiin asti, hän halusi kuulla Dmitri Shostakovichin valssin no: 2, ja siitä putosikin jo ensimmäinen kaihon kyynel. Oli monta muutakin asiaa, jotka vetivät heitä puoleensa. Oli aivan riemastuttavaa se yhteinen ymmärrys ja näkemys, joka heidän välillään vallitsi. Tästä voi jo arvata, ettei Matti tarvinnut enää jenkkikassiaan. Pian kanssaihmiset saivatkin nähdä pienimuotoisen häätapahtuman, jossa vallitsi positiivinen tunnelma.

Yksin eläessään Matti oli tottunut kaikkiin kotitöihin ja tehnyt niitä mielellään. Parisuhteessa hän oli tehnyt samat hommat, mutta siinä kammottavassa tilanteessa ne olivatkin muuttuneet vastentahtoisiksi. Nyt tilanne oli taas toinen, eli Matti ei ollut koskaan kokenut tällaista myötätuntoa ja ymmärrystä, mitä Liisa hänelle osoitti. Matti halusi palkita tämän kaiken Liisalle ja hän keksi siihen mielestään oikean tavan, eli hän alkoi vaatia Liisalta, että hänen täytyy saada tehdä kaikki talous- ja kotityöt. Liisa oli ymmällään, mutta ei alkanut vastustamaankaan sitä. Matti kävi töissä, mutta heti töiden jälkeen hän otti kodin työt haltuun. Hoiti pyykit, tiskit, imuroi, huolsi vaatteet, ja muisti vetää vessan – joskus hän innoissaan veti tyhjänkin vessan vain huvikseen. Hän kyseli Liisalta, joko on riittävästi roskia, että voi viedä, ja niin edelleen, ja niin edelleen.

Pienessä kylässä kaikki tuntevat toisensa ja myös toistensa tavat. Aluksi naapurien naiset reagoivat Matin touhuihin, ja olivat kummissaan siitä, mistä motivaatio moiseen tulee. Vähän myöhemmin miehetkin huomasivat nämä uudet asiat ja itse asiassa säikähtivät aika lailla, että siinäkö nyt oli heidänkin tulevaisuutensa. Aikaa kului ja kaikista arveluista huolimatta Matin ja Liisa yhteiselo oli kiistatta erittäin sopuisaa ja onnellista. Kukaan ei voinut olla huomaamatta sitä harmoniaa ja lämpöä, joka heidän kodissaan vallitsi. Lapsiakin alkoi pullahdella ja niistä iloittiin.

Matin ja Liisan perhe kasvoi ja lapsia alkoi olla rivissä kuin urkupillejä. Samoin he yhdessä kasvattivat perheyritystä. Liisasta tuli toimitusjohtaja ja Matti hoiteli tuotantoasiat. Yksi laaje-

Elämä yllättää

nemisen salaisuus oli, että he jalostivat näistä rehuina käytettävistä turnipseista myös ihmisille soveltuvan lajikkeen. Vähitellen uuden lajikkeen tie kulki vaativien ravintoloiden listoille ja yleensä sitä tilasivat korkohenkiset eliitti-ihmiset hienostoruokien yhteydessä.

Kasvavan yrityksen toiminta oli myös kannattavaa, ja se antoi Matille mahdollisuuden palata vanhan autoinnostuksen pariin, eli hän osti seitsemän entisöityä Ford Capri 1600 Gt -mallista autoa, jotka kaikki olivat erivärisiä, ja käytti niitä viikonpäivien mukaan: maanantaina mustaa, tiistaina sinistä, keskiviikkona punaista ja tietenkin sunnuntaisin kullanväristä. Vähitellen kyläläiset oppivat rytmin ja saattoivat todeta: "Jaahas, tänään onkin keskiviikko, kun Matti ajaa punaisella Caprilla".

Kesäisin Matti ja Liisa järjestivät Turnipsifestivaalin, jossa oli erilaisia tapahtumia ja kilpailuja, kuten turnipsin heitto, turnipsien istutus - kilpailu, turnipsisäkkien kanto, ynnä muuta. Musiikkina ei kuitenkaan ollut rokkia, vaan erittäin nostalgista kaihomusaa esittäviä bändejä. Mannekiiniesityksissä oli mukana myös Kukka-Maaria, joka oli menestynyt urallaan hyvin. Hän oli avioitunut heillä Matin aikana käyneen sisustussuunnittelijan kanssa, jonka suunnittelulle tunnusomaista oli erittäin omaleimainen persoonallinen linja eli kaiken, joka näkyy ulospäin, pitää olla valkoista.

Tämä tarina loppuu samoin kuin usein elokuvissa, eli Matti ja Liisa katselevat vanhentuneina laajoja turnipsipeltojaan ja keskustelevat niistä kaikista mutkista, joita on läpikäyty, että tähän tilanteeseen on päästy. Lapsenlapset leikkivät epäkuranteilla turnipseilla omia leikkejään ja on mahdollista, että tämä energia tuottaa lisää positiivisia asioita.

Elämä yllättää

Rahan mahti

Pienehkössä kyläyhteisössä 2010-luvun tienoilla elämä soljui verkkaisesti läpi päivien. Siellä elämänrytmi ei ollut kovin kiivasta ja ihmisillä oli aikaa ajatella. Tähän miljööseen sopeutui myös Maiju erittäin hyvin, koska hänen elämässään oli paljon sukupolvelta toiselle siirtyneitä sääntöjä ja tottumuksia. Maiju oli 28-vuotias ja siihen ikään mennessä oli jo moni toimintatapa ja rutiini muodostunut melko pysyväksi. Hänen työpaikkansa oli läheinen tekstiilitehdas, jossa hän työskenteli tarkastajana. Maiju eli hyvin säästeliäästi ja oli näin hankkinut pienen omistusasunnon. Sisustus oli vanhanaikainen: piironkeja, ryijyjä, pitsiliinoja, ja hajukin oli niin kuin mummolassa. Nämä olosuhteet kuvasivat myös hänen luonnettaan, jossa keskeistä oli asioiden pysyminen nykyisellään ja määrättyjen kaavojen ylläpito. Ulkonäöltään Maiju oli erittäin kaunis nainen, joka sai päät kääntymään. Moni mies olisi halunnut katsoa pidempäänkin, mutta ei kehdannut. Monet miehet olivat pyrkineet hänen seuraansa, mutta varsinaisia poikaystäviä oli ollut vain muutama, joskin nämäkin miehet olivat häipyneet suhteesta vähin äänin.

Mutta nyt oli eräs mies huomannut Maijun. Mies oli Tuure, joka oli nykyaikaiset elämäntavat omaava ja värikästä elämää nähnyt kolmekymppinen mies. Paikallisessa ruokakaupassa Tuure lyöttäytyi

Maijun seuraan ja väkevällä kokemuksellaan naisten iskemisestä hän lopulta sai Maijun kuuntelemaan. Tuure oli myös hyvännäköinen, jäntevä mies, mikä myös vaikutti tilanteeseen myönteisesti. Tuure oli saanut tietää Maijun vanhoillisesta elämäntyylistä, joten hänen valttinaan oli raottaa Maijulle vähän nykyaikaa. Kaupan pihapenkissä Tuure veti puhetta ja alkoi kertoa erilaisista nykyajan systeemeistä, joista arveli Maijun olevan tietämätön. Netin selostaminen suullisesti oli aika vaikeaa ja Tuure tarjoutui opastamaan nettiasiaa lähemmin. Sovittiin, että Tuure ottaa kannettavan mukaan ja tulee Maijun asunnolle esittelemään netin saloja.

Nykyelämän esittelytilaisuus sujui hyvin. Maiju oli kiinnostunut uusista kuvioista, jotka olivat hänelle todella täysin uusia. He pitivät pitkän istunnon. Toisaalta Maiju alkoi myös tuntea vetoa Tuureen, ja niinpä he sopivat uudesta tapaamisesta. Tuure ehdotti, että he menisivät ulos paikkakunnan parhaaseen tanssiravintolaan.

Ravintolakin oli Maijulle osaksi uusi kokemus. Ruoka oli hyvää ja he viihtyivät mainiosti. Kahvin ja konjakin jälkeen alkoi keskustelu sujua. Maiju oli opiskellut melko pitkälle ja lukenut paljon, joten keskusteltavaa riitti. Mukavan illan jälkeen he siirtyivät Maijun asunnolle, jossa kanssakäyminen alkoi mennä intiimimpään suuntaan. Siinä meni yö kuin siivillä. Aamulla Tuuren kävellessä poispäin hän totesi melkein ääneen, että kyllä näissä lemmenleikeissä Maiju on aivan lyömätön.

Seuraavalla tapaamisella Maiju olikin täysin erilainen. Hänen maailmankatsomuksensa mukaan viimekertainen antautuminen oli ollut virhe. Mitäs nyt – luukut menivät kiinni. Hetken Tuure oli neuvoton, mutta sitten hän muisti, että on sellainen TV-ohjelma kuin "Ensitreffit alttarilla", joten ei kai tässä nyt sen huonompia olla. Ja niin Tuure otti Maijua kädestä kiinni ja teki kaikkien aikojen komeimman kosinnan, johon hän sai myöntävän vastauksen. Siitä paikasta he lähtivät kultasepänliikkeeseen sormusten ostoon ja kirkolle. Viisaathan sanovat, että toisen luonnetta ei voi muuttaa, mutta kyllä tässä tapauksessa pitää riski ottaa. Eivät ne Tuuren edellisetkään naissuhteet johtaneet mihinkään, joten kyllä nyt on sittenkin aika. Maijun äiti sai tiedon melko pian, ja hän kun oli sellainen vanhan polven kyläluuta, alkoi hän heti viestittää naapuritaloissa, että: "Kyllä nyt meidän Maijua viedään".

Se oli menoa sitten: häät pidettiin ja Tuure vuokrasi pois oman asuntonsa ja muutti Maijun asuntoon, jossa he aluksi asuisivat. Tuurella ei ollut paljon tavaraa, joten hyvin he Maijun kämppään mahtuivat. Kanssaihmiset totesivat, että kyllä tuollaisessa pienessä somassa (kurjassa) asunnossa voi avioliiton aloittaa.

Tuuren avulla Maijulle avautui netin koko laaja maailma, jossa oli tarjolla vaikka mitä. Esimerkiksi: "Vaatteet edullisesti – säästä jopa 80 %", "Shoppaile uusia vaatteita päivittäin", "Mahtava valikoima brändejä", ja niin edelleen. Maijun henkinen minä alkoi aueta ja hän näki maailman aivan uudella tavalla. Vaatteet olivat yksi uusi alue ja niitä hän tilasi reilusti. Ja olihan hän, totta vie upea näky hienoissa uusissa vaatteissaan. Kanssaihmiset katsoivat ihmeissään tätä muutosta. Seuraavaksi Maiju kertoi, ettei hän voi näissä vaatteissa nousta vanhasta autonrämästä, eli auto pitää vaihtaa. Tässä Tuurekin oli mukana, ja netissähän on runsaasti edullisia lainatarjouksia, jotka saa muutamalla klikkauksella. Pian pihassa olikin riittävän korkea maasturi, jossa oli myös isot pyörät. Seuraavana olikin sitten kylpyhuoneremontti. Siihen kannatti ottaa lainaa, kun siitä sai sen kotitalousvähennyksenkin. Kylpytynnöri meinasi unohtua. Nyt heillä molemmilla alkoi mennä pää sekaisin, ja parin vuoden päästä oli lainaa lainan päällä. Ensin myi Tuure asuntonsa ja pian sen jälkeen Maiju. Vaihtoehdoksi jäi muuttaa halpaan pieneen vuokrahuoneistoon, jossa he sitten kituuttivat päivästä toiseen velkoja maksellen. Kanssaihmiset totesivat, että kyllä tuollaisessa pienessä somassa (kurjassa) asunnossa voi avioliittoa jatkaa.

Jälleen elämä soljui verkkaisesti ja päivät vaihtuivat uusiin. Aikaa oli ja kävi niin, että Tuure ja Maiju saivat nopealla tempolla tytön ja pojan. Lapset saivat nimet Meri ja Mikael. Heti nuorena huomattiin, että molemmille oli kertynyt päähän runsaasti viisautta. Se antoi elämälle positiivista valoa.

Mutta sitten rävähti. Tuure ja Maiju saivat lottovoiton – kokonaiset viisisataatuhatta puhtaana käteen. Heidän ensireaktionsa oli, että voi hyvänen aika, eihän tuo nyt riitä mihinkään – velkoihin yli satatuhatta, talo vähintään sataviisikymmentä, auto viisikymmentä, uima-allas kaksikymmentä – ei kun kaksi autoa tietenkin. Heti rahojen tultua alkoi kiivas toiminta. Kaikki suunnitelmat alkoivat toteutua ja kyläläiset saivat väistellä, kun uusrikkaat päästelivät menemään maastureillaan. Työpaikat jätettiin ja Tuuren suunnitelmana oli rahoittaa elämä viisailla sijoituksilla. Väkeviä juhlia pidettiin ja kanssaihmiset katsoivat sivusta, kun samppanja virtasi. Kävi kuitenkin siten, että Tuuren sijoitukset eivät tuottaneet toivotusti ja aika nopeasti tilanne kääntyi miinukselle. Talo ja autot myytiin ja he muuttivat jälleen pieneen vuokra-asuntoon. Työpaikkansa he saivat säälistä takaisin. Jälleen kanssaihmiset totesivat, että kyllä tuollaisessa pienessä somassa (kurjassa) asunnossa voi elämää jatkaa.

Lapset kasvoivat ja saamillaan hyvillä geeneillä he menestyivät hyvin. Mikael uppoutui tietokonepuolelle ja eteni siellä vinhaa vauhtia. Hän kehitti ohjelmia, jotka pitivät nuoret ruudun ääressä entistä varmemmin. Meri alkoi opiskelun ohella tehdä musiikkia. Hän löysi oikeita genrejä, jotka iskivät tajuntaan, ja pian hän oli nousemassa rappu rapulta koko kansan suosioon.

Hänen mahtava musiikkiälynsä ja karismansa eivät jääneet kanssaihmisiltä huomaamatta, ja suosio kasvoi koko ajan. Rahaa alkoi tulla ja Meri osasi sijoittaa sitä hyvin, joten talous vain parani.

Hän osti ison komean asunnon ja siinä oli myös siipi hänen vanhemmilleen.

Elämä alkoi rauhoittua. Totta kai Tuure ja Maiju olivat suunnattoman ylpeitä menestyvistä lapsistaan ja niin monien epäonnistumisten jälkeen pitävä pohja tuntui aivan mahtavalta. Kanssaihmiset totesivat, että kyllä tuollaisessa hienossa (~~kurjassa~~) asunnossa on aivan mainio elää.

Rahan mahti

Kauppamatkustajan elämä

Kauppamatkustajan ammatti oli 60- ja 70-luvuilla monella pääelinkeinona. Se oli rankkaa työtä, mutta aktiivisuudella ja ammatin osaamisella pystyi kyllä tienaamaan. Palkkamuotona oli yleensä melko pieni peruspalkka ja sen päälle myyntiin sidottu provisio. Onnistuminen edellytti asiakkaan henkilökohtaista tapaamista ja kykyä luoda positiivinen, hyviin kauppoihin johtava tunnelma.

Tuolloin automerkit olivat keskenään hyvin erilaisia, ja lähes jokaisella automerkillä oli jossakin vaiheessa suosikkimalli, joka sai laajan suosion. Mielenkiintoista on ollut, että jälkiversiot näistä suosikkimalleista eivät ole juurikaan menestyneet. Yksi tällainen suosikkimalli oli ranskalainen Peugeot 404, jota valmistettiin vuosina 1960–1975. Se oli ajo-ominaisuuksiltaan suuntavakaa, hyvä matka-auto, siinä oli pehmeät, hyvät penkit ja sitä jotakin, joka viehätti. Sillä ajoi koko Eurooppa. Suomessa kaikki tunsivat auton nimellä "Pösö", ja siitä syntyi näihin päiviin asti säilynyt puujalkavitsi, jossa Vääpeli ottaa vastaan alokkaita. Uusi alokas esittäytyy: "Herra vääpeli, alokas Pösö". Vääpeli kääntyy kirjuriin päin ja sanoo: "Kirjoitetaan sitten Peugeot".

Myös nelikymppinen kauppamatkustaja Anselmi omisti tällaisen 404 farmaripösön, jolla hän ajeli keskimäärin satatuhatta kilometriä vuodessa.

Anselmi oli tehnyt kauppamatkustajan työtä jo viisitoista vuotta. Hän oli aina ollut kova kauppamies ja pystyi tekemään hyvää liksaa. Hänellä oli vaimo Pirkko ja kolme kouluikäistä poikaa: Aaro, Eero ja Iivari. Pirkolla oli kodin yhteydessä pieni kauneudenhoitoyritys. Perhe asui omakotitalossa Yläpohjanmaan pienessä kaupungissa Pohjan-lahden rannikolla. Anselmin myyntipiirinä oli noin 200 kilometrin sektori sisämaahanpäin.

Kanssaihmiset sanovat usein, että muusikot ovat paljon pois kotoa, mutta on myös muita ammatteja, joissa poissaoloa on paljon. Katsotaan vaikka Anselmin aikataulua.

Työjakso alkaa sunnuntaina iltapäivällä, jolloin Anselmi valmistelee paperityöt tulevalle viikolle. Illalla kuuden aikaan hän lähtee ajamaan seuraavan päivän kohteeseen, ja on siellä valmiiksi maanantaiaamuna. Maanantaina myyntimatka kolmesta viiteen kohteeseen ja illalla siirtyminen toisen pitäjän hotelliin, jossa sitten kootaan päivän tulokset. Tiistaina sama kierros, keskiviikkona sama kierros, torstaina sama kierros, perjantaina sama kierros, ja illalla ajo kotiin. Kotiin Anselmi ehtii tilanteen mukaan siinä seitsemän maissa illalla. Sitten alkaa vapaa-aika.

Anselmi Istuu hetken ja narauttaa sitten perjantaipullon korkin auki. Hetken aikaa hän on omasta mielestään hauska, mutta sitten kommunikointi muuttuu epäselväksi örinäksi. Anselmi on juonut jo niin monta perjantaipulloa, ettei niistä tule enää lauantaina krapulaa, mutta muuten on veto poissa. Lauantaina Pirkko ehdottelee omakotitalossa olevien monien asioiden hoitamista, ja lapset odottavat isää omiin juttuihinsa. Isi on nyt kuitenkin niin väsynyt, että vasta iltapäivällä hän saa joitakin asioita tehdyksi. Illalla on kuitenkin kohokohtana sauna, joka rentouttaa kunnolla. Sen päälle vähän hyvää ruokaa ja jäljellä on enää lauantaipano. Se on näppärä, melko lyhytkestoinen tapahtuma, joka kuitenkin edesauttaa nukahtamista. Sunnuntaina kaikki alkaa taas alusta.

Näin oli menty jo monta vuotta ja vaikka työ oli sitovaa, oli talouskin kohentunut koko ajan. Taloa oli uudistettu ja kalustettu moderniksi. Piha-alueet oli raivattu ja suunniteltu uudelleen "kylpytynnöriä" unohtamatta. Oli hankittu kaikenlaista ja lopputuloksena oli todella hieno kotimiljöö, jossa kaikki toimii ja myös silmä lepää.

Jatkuva hotellissa asuminen oli puuduttavaa ja kauppamatkustajat olivatkin tunnettuja siitä, että vaihtelua haettiin kapakasta. Keskisuomessa oli eräs iso ravintola nimeltään Kotivaaran Hyrrä, jonne kauppamatkustajat kerääntyivät. Tietenkin myös naiset tiesivät tällaisesta apajasta. Käytäntö oli johtanut siihen, että tiistaisin olivat molemmat liikkeellä ja pelikenttä oli auki.

Anselmi ei usein käynyt kapakassa, mutta aina välillä. Tällä kertaa hän oli reteämmällä päällä ja otti paukkuja aika tiuhaan. Totta kai tällöin naiset alkoivat näyttää kauniimmilta ja hän tanssitti heitä ahkerasti. Siten hänen käsivarsillaan liiteli hento pienehkö nainen, joka oli pukeutunut nukkemaisen näköisesti vaaleanpunasävyiseen asuun. Naisen herkkyys viehätti. Anselmi puhui itsensä päälle ja he viettivät loppuillan yhdessä. Nainen oli nimeltään Sirkka ja illan lopussa Anselmi halusi saattaa hänet kotiin, mikä sopi Sirkalle. He lähtivät taksilla jonnekin maakuntaan. Matkaa oli aika lailla, mutta lopulta he tulivat talon pihaan. Sisällä miljöö oli aika yllättävä. Oli paljon vaaleanpunaista ja runsaasti erilaisia koristeita ja tyynyjä. Anselmi ei tuntenut oloaan kovin kotoiseksi. Sirkka oli kuitenkin suoran toiminnan nainen. Hän kuoriutui näppärästi sänkyyn, himmensi valoja ja vinkkasi Anselmia tulemaan. Sirkka tarjosi etumustaan ja näin kehittynyt akti oli hyvin hellä ja kaunis. Jos vielä olisi Heli-keiju lennellyt sauvansa kanssa heittelemässä taikajauhetta, niin tunnelma olisi ollut aivan täydellinen.

Unelmat haihtuivat, kun Sirkka sanoi, ettei tänne voi jäädä yöksi, sinun täytyy lähteä. Siinä ei ollut vaihtoehtoja. Onneksi oli kesä. Anselmi lähti ulos eikä tiennyt yhtään, missä hän oli. Hän käveli tietä, mutta ei se tilannetta muuttanut. Sitten alkoi pikkuhiljaa sataa ja sade yltyi koko ajan. Anselmi ryömi maitolavalle istumaan ja sai siten sateensuojan. Kello mateli, mutta lopulta aamulla tuli maitoauto, jolla Anselmi pääsi takaisin.

Tästä tapauksesta jäänyt muistijälki ei ollut kovin mieluisa ja niinpä Anselmilla tuli kapakkatauko.

Se ei kuitenkaan kestänyt loputtomiin ja syksyllä Anselmi oli taas Hyrrässä ja otti paukkuja. Pöydässä oli vähän tummempi kaunotar, jolla oli voimakas ja vähän kulmikas olemus. Anselmi haki häntä tanssimaan ja nainen painautui Anselmia vasten niin tiiviisti, että Anselmin housuissa värähti. Nainen sanoi nimekseen Sarah ja he siirtyivät baaritiskille. Jonkin ajan jälkeen Sarah kertoi, että hänellä on huone tässä hotellissa ja he voisivat siirtyä sinne. He lähtivät huoneeseen ja tuskin Anselmi sai takkia pois, kun Sarah jo otti kepistä kiinni ja ohjasi Anselmia kohti sänkyä. Siitä sitten alkoi meno, joka muistutti kuntosalin rankkaa penkkitreenausta. Siitä ei päässyt pois. Anselmi mietti huolestuneena, että mahtoiko hän muistaa ottaa tänään sydänlääkkeensä. Sitten kierrokset laskivat ja Sarah antoi ymmärtää, että se oli siinä. Anselmi alkoi hikisenä etsiä vaatteitaan ja poistui omaan huoneeseensa.

Taas tehtiin töitä ja aikaa kului. Joku oli kuitenkin vihjannut Pirkolle Anselmin seikkailuista. Pirkko tuli Anselmia kohti aivan punaisena ja puuskutti "Pitääkö sun senkin idiootti mennä työntämään kärsääsi joka rakoon, ekkö sä ny sen vertaa tajua, että oot perheellinen mies". Pirkko oli aivan pois tolaltaan ja tuskaisia sanoja ryöppysi häneltä vielä pitkän tovin. Anselmi ei ollut koskaan nähnyt Pirkkoa tällaisena. Anselmi mietti, että kyllä nyt tämä sekoilu saa loppua. Eihän se kovin hääviltä tuntunutkaan. Tilanteen rauhoituttua Pirkko suunnitteli pitävänsä mykkäkoulua, mutta eihän siitä mitään tullut, sillä puheliaana ihmisenä hän jo parin tunnin päästä puhui. Lauantaipanot olivat katkolla neljä viikkoa.

Maailman asiat kehittyivät ja myös kilpailu kiristyi. Anselmin myymälle tuotesarjalle tuli kilpailija, jonka tuotteet olivat huomattavasti halvempia. Tämä alkoi pian näkyä kaupankäynnissä. Asiakkaat totesivat, että vaikka kauppasuhde on ollut hyvä, niin heidän täytyy huomioida hintataso. Parissa kuukaudessa Anselmin tulot putosivat puoleen. Tilanne näytti hyvin masentavalta.

Anselmi mietti asioita ankarasti, ja sitten alkoi päässä työntyä esiin erikoinen ajatus – mitä jos kokeilisi työllistää näitä sivuluisuun joutuneita ihmisiä. Myyntimatkoilla hän oli nähnyt monia yrityksiä, jotka teettivät alihankintana erilaisia pikkuosia. Seitsemänkymmentäluvulla näitä käsitöinä tehtäviä osia oli vielä paljon.

Anselmi meni sillan alle tapaamaan näitä alkoholin oikeinkäyttäjiä ja kertoi heille ideastaan: "Minä haen autolla täältä joka päivä puoli kymmeneltä aluksi vaikka kaksi henkilöä. Ensin on tarjolla suihku ja sauna, sitten puoli yhdeltätoista ruokailu, ja kahdeltatoista alkavat työt, jotka kestävät neljään asti. Kahdelta on kahvitauko ja oheisena karjalanpiirakoita. Hommaan kaikille myös kunnollisen työpuvun. Maksan työstä kymmenen euroa tunti, eli päivän netto on 40 €. Kaikki on vapaaehtoista, eli työhön voi tulla ketkä henkilöt kulloinkin haluavat ja minä päivinä vain. Työ on sellaista, jonka jokainen osaa pienen harjoittelun jälkeen. Miettikää asiaa, niin palaan siihen lähiaikana."

Anselmi ilmoitti tästä hyväntekeväisyyspainotteisesta hankkeestaan myös yhteiskunnalle, mutta sittenpä alkoikin paperia tulla, joissa selvitettiin mitkä kaikki sivukulut on maksettava työpalkan lisäksi: työntekijän eläkemaksu, vero, sosiaalikulut, lomakorvaus, lomalla viihtymismaksu, lomalta paluuraha, työttömyysvakuutus, ym. Lappuja tuli koko ajan lisää. Anselmi ei osannut odottaa aivan tällaista ruuhkaa. Toki hän tiesi, että sivukuluja pitää maksaa, mutta tämä ei tuntunut kohtuulliselta. Anselmi matkusti Helsinkiin ja hakeutui jokaisen asiasektorin ylimmän päällikön puheille ja kertoi heille asian. Monien neuvotteluiden jälkeen hän sai kohtuullisen sopimuksen ehkä juuri siksi, että tämä oli aivan uuden hankkeen kokeilua. Lisäbonuksena oli vielä se, että palkka ei vaikuta alentavasti mahdollisiin nykyisiin korvauksiin.

Ennen töiden alkua tehtiin selväksi, että työssä pitää olla selvinpäin. Töiden jälkeen voi vetää pään täyteen, mutta seuraavana päivän pitää olla selvä. Näin alkoi työkokeilu ja ensimmäiset henkilöt olivat työssä. Kaikki näytti sujuvan hyvin ja pian ilmeni uusia halukkaita työhön. Anselmi ajatteli, että nyt pitää olla nopea, joten hän laajensi työtilaa ja hankki bussin, jolla hän haki työntekijöitä töihin. Pirkko toimi työnjohtajana. Kanssaihmisillä oli ihmettelemistä ja monenlaista juttua kuultiin. Sitten jotkut työntekijät alkoivat ajatella, että pitääkö minun todella töiden jälkeen ryypätä. Pikkuhiljaa he huomasivat, että ei tarvitse. Monet pitivät työhaalaria vapaa-aikanakin – sen selässä luki: "Anselmi työllistää".

Asia sai julkisuutta ja lehdistö oli kiinnostunut tästä erikoisesta hankkeesta. Jopa poliitikot miettivät, että heidänhän tuo olisi pitänyt keksiä. Myös pultsarit ympäri Suomen olivat kiinnostuneita tästä uudesta toimintatavasta. Eikä suotta, sillä pian ilmeni eri puolilla Suomea yrittäjiä, jotka kopioivat idean ja alkoivat toimia samalla tavalla. Vähitellen tästä alkoi muodostua brändi, aivan kuten Mc Donald's -ketju, jossa kaikki toiminnot on standardisoitu.

Anselmi ja Pirkko olivat tyytyväisiä vallitsevaan tilanteeseen, ja uutuutena heidän rutiineihinsa oli tullut keskiviikkopano, joka oli kestoltaan hieman lauantaipanoa pidempi.

Vuoden kohokohtana oli pikkujoulujuhlat, jotka Anselmi ja Pirkko päättivät järjestää. Juhlat olivat avec ja lähtökohtana oli, että siellä ei tarjoilla viinaa, mutta sen sijaan ruoka on kaikilta osin huippua. Anselmi ajatteli, että nämä henkilöt tuskin ovat syöneet sellaisia ruokia, joita rikkaat syövät, ja hankki sitten senkaltaisen upean valikoiman. Siihen kuului esimerkiksi seuraavia ruokalajeja: kaviaaria, hauki-mäti-ahvenvoileipäkakkua, nokkosohukaiskääryleitä, palvilammas-ohrapiirakoita, kuha-kirjolohimosaiikkia, lammasbriosseja, kanelikampoja, ynnä muuta. Pöydän toisessa päässä oli varmuuden vuoksi oikeita lihapullia ja muusia. Juomana oli alkoholitonta viiniä.

Musiikista huolehtimaan oli tilattu Ilpo Karisen tanssiorkesteri, joka seitsemänkymmentäluvulla oli kovassa iskussa. Ihmiset tanssivat ja riemuitsivat ja piirileikkiäkin mentiin välillä ja kaikilla oli niin mukavaa.

Anselmin ja Pirkon pojat olivat jo käyneet koulunsa ja hankkineet perheensä. Vähitellen he siirtyivät jatkamaan toimintaa. Totta kai heillä oli lukuisia uuden polven ideoita, joita he sovelsivat liiketoimintaan. Anselmi ajeli huvikseen vanhoja kauppareittejä ja kävi tapaamassa vanhoja kauppatuttaviaan. Pirkon aika kului lapsenlasten kaitsemisessa. Näytti siltä, että heillä oli meneillään seesteinen eläkeaika, josta tässä itse kukin haaveilee.

Kauppamatkustajan elämä

Nuorten elämää 60-luvulla

Nuoren ihmisen elämässä on aivan keskeistä, että oppii uutta koko ajan. Vanhemmiten sitten voi olla täysin samanlaisia päiviä, jolloin päivitellään, että mihin tämänkin viikon päivät menivät. Nuorena päällä on halu löytää uusia kokemuksia ja ennen kaikkea myös kivoja asioita. Kuusikymmentäluvulla valikoima oli kuitenkin rajallinen. Polkupyörillä ajeltiin ja vertailtiin, kenellä oli paras lyhty. Soliferin dynamo ja lyhty olivat hyviä. Talvisin hiihdettiin paljon. Yhteiskoulussa oli illanviettoja, joissa esitettiin näytelmiä ja mentiin piirileikkiä. Myös kotihippoja pidettiin. Sitten rippikoulun jälkeen oli lauantaina ja sunnuntaina tanssit jokaisessa pitäjässä. Viikolla elokuvat puupenkkisessä teatterissa. Loput piti itse keksiä.

Koululaitos oli silloin yksinkertainen. Kansakoulua käytiin kahdeksan vuotta, mutta halukkaat saattoivat siirtyä neljänneltä luokalta yhteiskouluun, joka kesti viisi vuotta. Sitten jos päässä oli riittävästi viisautta, saattoi siirtyä kolmevuotiseen lukioon ja kirjoittaa ylioppilaaksi.

Kaverukset Jukka ja Tarmo olivat naapureita ja koulukavereita. He olivat keskikoulun neljännellä luokalla. Viime vuonna tuli opiskeltavaksi ruotsi ja nyt opiskeltiin myös englantia. Kielitunnit olivat vastenmielisiä, ja ihmeteltiin mihin ihmeeseen näitä kieliä tarvitaan. Menestys oli sen mukaista, eli viitosia tippui todistukseen.

Nyt oli kuitenkin odotusta ilmassa, sillä illalla oli erään tytön järjestämät kotihipat. Pojat tilasivat menomatkalle pitäjän komeimman taksin, joka oli De-Soto merkkinen iso amerikanrauta dieselmoottorilla. Se oli oranssinpunainen ja takalokasuojissa oli väkevät luurangot. Auto oli niin suosittu, että sen moottori ei juurikaan ehtinyt jäähtyä. Osa illan fiilingistä tuli jo tästä mahtavasta kyydistä.

Paikalla oli jo väkeä ja heti ovella hämärretty huoneisto nosti tunnelmaa edelleen. Musiikkia soitettiin levyiltä. Iloinen keskustelun sorina täytti tilan ja lähes jokainen yritti myös tuoda itseään tykö, joko kertomalla jotain omasta mielestään hauskaa tai sitten vain pölläilemällä jotenkin. Illan soitetuin kappale oli Eila Pienimäen laulama tango "Tulen liekki", joka oli juuri noussut yleisön suosioon. Sitä soitettiin yhä uudestaan, ja sen ohessa ne melko vähällä kokemuksella toimitetut suudelmat tuntuivat kuumilta. Positiivisia muistijälkiä tarttui päähän koko illan ajan. Illan lopuksi oranssi taksi tuli hakemaan ja ajettiin eri reittiä, koska vietiin kaukana asuvat ensin. Oli kova pakkanen, mitä dieselauto ei ymmärtänyt, vaan hyytyi. Kokemusten kirjoon tuli myös kärvistely pakkasessa, koska kännyköiden puuttuessa avun saaminen kesti kauan.

Pari vuotta myöhemmin, kun oli jo vähän kasvettu, istuskelivat Jukka ja Tarmo pihalla. Oli lämmin ja tyyni kesälauantai. Hyönteisetkin – joita silloin oli vielä runsaasti – riemuitsivat kesästä pörinällään. Sitten Jukan isä Arvi huusi pojille, että: "saisitta kantaa prunnista saunaveren". Tämä ei ollut kovin mieluisa komennus, mutta koska sauna oli kuitenkin mahtava valmistautuminen illan tansseihin, niin hommiin vain. Vesi nostettiin kaivosta narun päässä olevalla ämpärillä ja kaadettiin maitokärryissä olevaan saaviin. Neljällä saavilla saatiin riittävä vesimäärä. Sitten vain tuli pesään ja puun syttymisen tuoksut alkoivat levitä saunasta. Arvi käveli ohi ja totesi pojille, että "Nyt on sitten sellaanen ilima, että kaupunkilaasekkin luuloo, jotta maalla on mukavaa."

Saunan jälkeen pojat lähtivät kävelemään parin kilometrin päässä olevaa kirkonmäkeä kohti, jossa oli iso tanssilava. Hiuksiin oli laitettu Suave-hiusrasvaa, jolla saatiin tukkaan laineita. Jukka oli löytänyt kaupungista kiiltonahkaiset sandaalit ja niihin raidalliset sukat. Paitakin oli uusi, suipolla kauluksella, josta kravatti näkyi vain osittain. Sitten vielä pikkutakki ja asu oli valmis. Tarmo ei niin välittänyt vaatteista. Tarmo oli ulospäinsuuntautuva, nopealiikkeinen ja ennen kaikkea karismaattinen mies, eli kun hän astui huoneeseen, niin kaikki huomasivat sen. Jukka oli kateellinen tästä ominaisuudesta, koska hänellä ei ollut samanlaista välittömyyttä ja tanssiessaankaan hän ei tahtonut keksiä mitään sanottavaa. Hätätilanteessa piti katsoa ylös kattoon ja todeta, että onpas täällä vahvat kattopalkit. Esiintyjänä oli helsinkiläinen kuuluisa bändi, joka aluksi soitti jazzia, mutta ei kauaa uskaltanut, koska jollekin orkesterille oli Pohjanmaalla havainnollisesti kurkusta pitämällä näytetty, että nyt pitää tulla tangoa. Väkeä tuli tiuhaan tahtiin ja jo kymmeneltä paikalla oli yli tuhat henkilöä.

Tanssitapahtumalla oli omat rutiininsa, jotka kaikki tiesivät. Naiset asettuivat toiselle puolen salia ja miehet toiselle. Sitten miehet hakivat naisia tanssiin ja samaa musiikkilajia tanssittiin kaksi kappaletta, jonka jälkeen mies vei parin pois. Olihan se aika erikoista, että yli viisisataa naista ja miestä olivat omina isoina rintaminaan ja odottivat sitten uuden musiikkiparin alkua. Naisrintaman eturivi aaltoili koko ajan, koska taaempana olevat pyrkivät myös esiin. Eturivissä olivat innokkaimmat ja samalla hikisimmät naiset, koska heitä haettiin koko ajan tanssimaan. Sitten taas tanssi alkoi, joskin ihmiset olivat niin tiiviisti lähellä toisiaan, että liikkumista ei voinut oikein tanssiksi kutsua. Tämä ihmisten keskinäinen läheisyys oli kuitenkin ainutlaatuista ja siinä oli väistämättä sähköinen tunnelma. Myös lämpötila nousi suuren ihmismäärän ansiosta. Erikoistahan oli myös se, että mies saattoi julkisesti pitää täysin tuntematonta naista lähellään ja puristaa lujaa, jos vastapuoli sen salli.

Sitten se tärkein loppuillan rutiini, joka ratkaisi monia ihmiskohtaloita. Kyseessä oli siis naisten haku, eli rutiinin mukaan puoli tuntia ennen loppua saivat naiset hakea miehiä kolmen kappaleparin verran. Jokainen nainen päätti tietenkin hakea mieluisintaan miestä ensimmäiselle tanssille. Tämä merkitsi, että nykytermillä kuvattuna heidän välillään oli kipinää. Ennen kaikkea se merkitsi sitä, että miehellä oli mahdollisuus päästä saatille. Toinen naisten haku tarkoitti sitten lievempää suosiota ja kolmas edelleen lievempää.

Tässä myllyssä pojat sitten olivat. Tarmo pommitti naisten eturiviä ja tanssi jokaisen tanssin. Kauas sivulle kuului, kun hän kailotti naiselle tarinaa, milloin mistäkin. Jukka taas haki naisia joukon takaa takarivistä, koska siellä olivat persoonallisimmat, joskin myös varautuneimmat naiset. Heillä oli yleensä myös isompi tanssireviiri, joka ilmeni käsien

47

jännittämisellä ja siten pitämällä miestä kauempana. Eturivin naisilla reviiri oli yleensä pieni ja he suorastaan liimautuivat kiinni tanssittaessa. Ensimmäisellä naistenhaulla Tarmoa yritti tavoittaa useampi nainen. Toisella ja kolmannella samoin. Jukkaa ei kukaan hakenut ensimmäiselle naistentanssille. Toiselle häntä haki erittäin isoreviirinen nainen ja kolmannelle naapuri. Tarmo häipyi pirteän näköisen naisen kanssa jonnekin. Jukka kävellä lompsi sandaaleillaan kesäyötä pitkin kotiin.

Tansseissa käytiin joka lauantai ja myös usein sunnuntaina. Silloin tällöin vuokrattiin taksi koko illaksi. Taksikyyti oli kohtuu hintaista ja 4-5:lle kaverille ilta ei paljon maksanut. Tällöin voitiin käydä useissa tanssipaikoissa tai kolmenkymmenenviiden kilometrin päässä olevassa kaupungissa, jossa myös oli pari hyvää paikkaa. Sinne tulivat myös ensimmäiset kitarabändit. Joissakin paikoissa oli samana iltana kitarabändi ja tangobändi, jotka soittivat vuorotellen.

Sitten napsahti 18 vuoden ikä ja saatiin käyttöön auto. Jukalla oi käytössä vanha Opel Record. Tarmon isällä oli fyrkkaa, ja niinpä Tarmolla oli uusi, katseita kääntävä futuristinen Taunus 17 M vuosimallia 1960. Nyt pojat kävivät lauantaisin tansseissa eri pitäjissä ja yrittivät illan lopussa päästä saattamaan mieluisiaan naisia kotiin. Monesti saattaminen loppui portin pieleen, mutta oli myös useita naisia, joilla oli oma kamari ja sinne pojat halusivat. Kamariin piti usein mennä tuvan läpi, jossa oli tytön vanhempien sängyt. Vanhemmat toki esittivät nukkuvaa, kun yövieras kolisteli sisään. Kamarin vakiovarusteisiin kuului myös kusipotta, koska hyysikkä – joka nimi on myöhemmin kaunisteltu nimeksi "huussi" ja "puusee" – oli pihan perällä, eikä sinne halunnut keskellä yötä pakkasella mennä. Yön kiihkeät tunnit kuluivat vauhdilla, ja useimmiten pojat luikkivat pois jo ennen aamua, koska eivät halunneet jäädä tytön vanhempien kanssa aamukahville.

Jukka ajeli Opelillaan rauhallisesti, mutta Tarmosta tuli varsinainen kaahari. Hän teki pitkiä retkiä ympäri Suomea, koko ajan kaasu pohjassa. Turvavöitä ei ollut, eikä liioin nopeusrajoituksia, joten autolla sai ajaa niin lujaa, kun sillä pääsi. Taunuksen huippunopeus oli vain 135 km/h, mutta kyllä silläkin matkanopeudella ehtii. Tarmo myös vähän kerskaili käynneillään, kuten "Tuli taas käytyä Hesassa, poikkesin siinä Lahdessa saman tien". Pienten piirien tallaajat katsoivat Tarmoa vähän kateellisina ylöspäin – on siinä menevä ja menestyvä mies.

Lopulta nämä retket johtivat siihen, että pysyvät tyttöystävät löytyivät. Jukalla oli Julia ja Tarmolla Sonja. Nämä ystävättäret olivat luonteiltaan kovin erilaiset. Julia oli rauhallinen, hiljainen, arka, apea, ujo, jopa nöyrän oloinen. Jukalla ei ulosanti myöskään ollut kovin räiskyvä, joten heidän kanssakäymisensä oli monesti hyvin tunnustelevaa ja liian intiimejä ilmaisuja väistelevää. Julian poisnäkö oli miellyttävä, mutta ristiriidassa hänen luonteensa kanssa. Seksi sujui hyvin, mutta sekin oli hyvin hiljaista.

Sonja oli täydellinen vastakohta – räiskyvä, erittäin puhelias, nopea liikkeissään, huumorista pitävä. Poisnäkö oli sopusuhtainen, kaunis, ja hieman pullea. Hän erottui muista sillä, että hän puhui koko ajan – puhui toisten päälle ja alle, eikä antanut suunvuoroa pyytämättä. Sonjalla oli kuitenkin karismaa, joten hänen puheitaan kyllä kuunneltiin. Lemmenleikeissä tämä puhuminen kyllä hieman häiritsi – ketä jaksaa kiinnostaa onko talossa jugurttia vai ei.

Nuoret etenivät kuitenkin asioissa, menivät kihloihin ja puolen vuoden päästä naimisiin. Perhe-elämä alkoi ja heillä oli työasiat kunnossa. Kaikki uuden elämän rakentaminen yhdessä oli mielenkiintoista ja kiehtovaa. Heidän keskinäinen ystävyytensä säilyi ja aika ajoin he viettivät yhteistä aikaa. Tilanne pyrki kuitenkin ajautumaan siihen, että vain Tarmo ja Sonja puhuivat ja heidän piti erikseen pyytää Jukalta ja Julialta kommentteja. Tämä taas johti siihen, että nämä säikähtivät eivätkä osanneet sanoa mitään. Tämä oli kiusallista, koska ystävykset halusivat olla yhdessä, mutta tämä kangerteleva kanssakäyminen oli epämukavaa.

Jo silloin 60-luvulla Amerikasta tuli kaikkea uutta, ja nyt levisi tieto uudesta terapiatavasta, jolla voidaan vaikuttaa ihmisten luonteeseen. Toisin sanoen, epämukavia luonteenpirteitä voidaan laimentaa tai poistaa kokonaan, ja vastaavasti haluttuja hyviä piirteitä korostaa. Ensimmäinen tällainen hautomo oli jo tullut eteläsuomeen, ja mukaanpääsyyn oli jo kertynyt jono. Tämä nelikko kuuli myös asiasta ja päätti ottaa selvää tästä ihmeellisestä kurssista. Saatuaan lisätietoa he varasivat paikat terapiaan, joka oli kahden viikon mittainen aktiivihoito. Epäilijöitä hoidon suhteen oli paljon. Eihän esimerkiksi turhaa valittamista voi poistaa. Se on jo teoriassakin mahdotonta.

Sitten tuli aika aloittaa terapia. Hoitohan oli tietenkin salaista ja kanssaihmiset huomasivat vain, että nämä neljä nuorta olivat kaksi viikkoa poissa paikkakunnalta. Terapia loppui ja nelikko palasi kotiin. He päättivät viettää yhteistä aikaa ja keskustella terapian tuloksista. Ensimmäinen huomio oli, että kaikki pystyivät osallistumaan keskusteluun. Julia oli ikään kuin noussut hiljaisuudestaan ja keskusteli luontevasti. Lisäksi hänen puheensa sisälsi mielenkiintoisia asioita, jotka kiinnostivat kaikkia. Vastaavasti Sonjan puhuminen ei ollut enää pelkkää pulinaa, vaan siinä oli elämän myönteistä sisältöä ja lämpöä. Tämä tilaisuus oli positiivinen kokemus kaikille, ja he jäivät miettimään asioita.

Jukka mietti, että kyllä Sonjan nykyinen olemus on kovin kiehtova ja lämmin. Kyllä hänen kanssaan on ilman muuta raikasta elää. Vastaavasti Tarmo mietti, että Julian ulostulo oli yllättävää ja mieluista. Hänen tuoreet ajatuksensa miellyttivät. Ehkä se oli jotain telepatiaa, mutta eräänä päivänä Jukka ja Tarmo keskustelivat ja toivat esiin ajatuksiaan, joista ilmeni, että he tunsivat vetoa toistensa vaimoihin ja lopuksi totesivat sen ääneen. Sitten he miettivät mitä heidän vaimonsa tästä tilanteesta sanoisivat. Päätettiin tunnustella asiaa ja kyllä sieltä välistä ilmeni, että tällaiselle muutokselle voisi olla mahdollisuus. Miehet päättivät viedä asiaa huumorilla eteenpäin ja heittivät huulta, että "Kyllä me tämän terapian jälkeen voitaisiin vaihtaa vaikka vaimoja ja taidettaisiin silti pärjätä". Yllätys oli, kun vaimot totesivat, että: "Me olemme tuon asian jo päättäneet". Sehän oli sitten aivan kuin luvallista vieraisiin menoa. Alkoi uusi keskustelu siitä, miten edetään. Lopputuloksena oli päätös, että nyt tehdään asiat vähän eri lailla, eli pidetään eroaminen ja uusi vihkiminen samaan aikaan.

Nelikko tiedotti asiasta vanhemmilleen, ja he innostuivat asiasta. Saatiin lopulta pieneen pitäjään vähän tapahtumaa. Tarmon isän elinkeinona oli sikatalous, joka silloin vielä kannatti hyvin. Hän ehdotti, että pidetään tilaisuudet hänen tilallaan. Pannaan vähän rahaa likoon, että saadaan aikaan värinää. Ongelmana oli vain, että sikaloista tuli kammottava haju, joka levisi myös tilan asuntoalueelle. Isäntä kutsui sitä rahan hajuksi, mutta se voisi olla vaikea selittää vieraille. Niinpä hankittiin kaksi valtavaa puhallinta, joilla ohjattiin väkevät hajut asuntoalueelta poispäin.

Sitten kutsuttiin melkein koko pitäjän väki yhdistettyyn ero- ja vihkimistilaisuuteen. Juhlailta koitti ja tapahtuman keskipisteenä oli kaksi paikkaa: erotuomarin pöytä ja sen vieressä vihkialttari. Väki oli koolla ja tilaisuus alkoi. Ensin parit menivät eropaikalle ja tuomari julisti avioeron voimaantulon. Sitten parit siirtyivät toiselle sivulle ja suoritettiin vihkiminen. Samalla erovieraat muuttuivat häävieraiksi. Häitä juhlittiin runsaalla tarjoilulla ja keskeisenä lihalaatuna oli sianliha. Oli myös muuta raikasta ohjelmaa, ja sitten oli häätangon aika. Hiljattain perustettu Ilpo Karisen yhtye oli valmiina. Solistina samettiääninen tangon valttiässä Jouko Kultti. Häätangoksi oli sovittu Unto Monosen yksi parhaimmista tangoista – "Erottamattomat" – jossa alku on jo lupaava: "Meitä ei kukaan saa koskaan erottaa…"

Häitä juhlittiin aamuun asti ja juhlat olivat kovat. Tämä erilainen tapahtuma ylitti myös uutiskynnyksen laajasti mediassa. Aviopareja haastateltiin lehtiin ja televisioon. Tässä muutama kysymys ja vastaus malliksi:

Kysymys: "Oliko tämä mielestänne hyvä ratkaisu?"

Vastaus: "Kyllä tämä oli mielestämme hyvä ratkaisu."

Kysymys: "Tekisittekö tämän uudestaan?"

Vastaus: "Kyllä tekisimme tämän uudestaan."

Kysymys: "Tuntuuko nykyinen pohja vakaammalta?"

Vastaus: "Kyllä nykyinen pohja tuntuu vakaammalta."

Nyt sitten uusi elämä lähti käyntiin molemmissa perheissä, ja kaiken tämän monimutkaisen tapahtumaketjun jälkeen voidaan olettaa, että kaikki sujui hyvin.

Uuden terapiahoidon suosio kasvoi koko ajan, ja nyt kun tapaat vanhan tuttavan, pitää vähän tunnustella onko hänen ajatusmallinsa vielä samanlainen, vai onko hän käynyt hoidossa.

Jawa

Jawa

Tsekkiläinen Jawa moottoripyörä rantautui Suomeen jo vuonna 1949. Se poikkesi muista niin radikaalisti, ettei sitä voinut olla huomaamatta. Pyörä oli uudenaikainen, aistikkaasti muotoiltu, koteloitu, ja tunnusomaista sille oli kromatut bensatankin kyljet. Pyörässä oli myös patentoitu automaattinen keskipaikoiskytkin. Mielenkiintoisin yksityiskohta oli sarvien kanssa integroitu näyttävän näköinen lyhty, joka oli kuljettajan näkökentässä. Pyörä oli myös lyhyessä ajassa osoittautunut kestäväksi ja ennen kaikkea se oli huomattavasti muita tarjolla olevia pyöriä halvempi. Jawa oli 1950–1960-luvuilla maailman myydyin kaksitahtipyörä. Tämä kokonaisuus merkitsi sitä, että yhä useamman suomalaisen silmissä alkoi vilkkua Jawan kuva, ja kauppa alkoi käydä.

Niin myös Matin ja Erikin tietoisuudessa oli tämä uutuus. Ylioppilaskirjoitukset olivat juuri päättyneet, jännitys oli lauennut ja vallitsi erikoinen vapauden tunne elämää kohtaan. Samalla aistit olivat hereillä hakemaan ja kokemaan jotakin uutta ja mielenkiintoista. Mikäpä olisi parempaa kuin uuden polven upea moottoripyörä. Pojat alkoivat vierailla Suomen Koneliikkeen myymälässä, jossa uusia pyöriä oli myynnissä. Oli tuskallista vain katsella pyörää ja tehdä pelkkiä mielikuvitusmatkoja. Samaan aikaan kotonaan Matti ja Erik toivat esiin halunsa. Ensi alkuun vanhemmat eivät pitäneet ajatuksesta yhtään. Heillä oli päällimmäisenä pelko moottoripyörän turvattomuudesta. Toiseksi tarvittiin rahaa, jota pojilla itsellään ei ollut. Perheissä käytiin monipuolisia keskusteluja ja jokainen vanhempi tietää, että näiden keskustelujen lopputuloksena on vääjäämättä nuorten tahto.

Lähdettiin pyöräkaupoille ja kahden pyörän ostolla saatiin hintaan alennusta. Pyörissä oli 125cc moottori, joka oli maksimikoko aloitteleville pyöräilijöille. Paperit tehtiin ja niin pojat saattoivat lähteä ajamaan upouusilla pyörillään. Sivullisen on vaikea kuvitella, kuinka voimakas mielihyvä siitä syntyy, kun moottori alkaa kuljettaa. Sama tunne toistuu aina kun lähtee pyörällään liikkeelle. Pojat toki tiedostivat, että ajamista pitää harjoitella, ja oppia siihen liittyvät säännöt ja käytännöt. Tiet olivat pääsääntöisesti sorateitä ja niissä olosuhteet voivat vaihdella paljon. Matti oli liikkunut yhdessä Majan kanssa jo jonkin aikaa ja niinpä pojat ajoivat hänen luokseen esittelemään pyöriään. Kerrottiin, että kyydissä olijan täytyy seurata kuljettajan kallistusliikkeitä. Pitää kallistua samaan suuntaan kuin kuljettaja, eikä saa vääntää vastaan. Ennen kaikkea pitää luottaa kuljettajaan kaikissa tilanteissa. Näin he alkoivat harjoitella ajamista kaksin. Erikillä ei ollut vakituista tyttöystävää, mutta josko se löytyisi. Maja tunsi Gunilla-nimisen tytön, joka saattoi lähteä ajelulle. Onnistuihan se.

Näin alkoivat ajelut yksin ja kaksin. Eräänä lauantaina he päättivät lähteä tansseihin. Gunillan äidinkieli oli ruotsi ja hän ehdotti suomenruotsalaista paikkaa nimeltä Klacken Lillbyssä. Se oli iso paikka ja siellä oli aina vähintään kaksi orkesteria. He olivat lauantaina hyvissä ajoin paikalla. Toisena bändinä oli Ilpo Karisen tanssiorkesteri, jonka ohjelmisto koostui suomalaisista ja englanninkielisistä kappaleista. Ilpo oli laittanut Hammond-urkuun potentiometrin, jolla saatiin aikaan särkysoundi, kuten huippubändien kappaleissa on. Yhtenä tällaisena kappaleena oli Santanan Everybody's Everything, joka lähtee alkuun särkysoundilla ja äityy sitten vallattomaksi lattaridiscomenoksi. Ilta oli viihtyisä ja oli mahtavaa ajella kotiin rauhallisesti lämpimässä kesäyössä.

Juhannus oli tulossa ja nelikko suunnitteli sen viettämistä Kalajoen hiekkasäkillä, joka oli yksi juhannuksen suosikkipaikka. Tanssilava, meri ja paljon hiekkaa ja ihmiset juhannusmielellä. Ajan hengen mukaan nuoret eivät kiirehtineet alkoholin käyttöä, tosin nyt Matti ja Erik päättivät hankkia viinaa. Viinakorttia ei ollut, mutta tuttavan avulla he saivat hankituksi kaksi pulloa vodkaa. Alettiin valmistella matkaa. Kumpaankin pyörään pakattiin teltta, pari huopaa, ja muovia sateen varalta. Matkustajan selkärepussa oli henkilökohtaisia tavaroita, ja tietenkin ne kaksi vodkapulloa. Juhannusaattona sitten lähdettiin ajamaan kohti juhlapaikkaa, jonne matkaa oli noin 130 kilometriä. Kokemattomille ajajille tämä tuntui pitkältä matkalta. Perille päästyä pystytettiin teltat ja katseltiin ympärille. Telttoja oli pitkissä riveissä. Väkeä oli paljon sekä rannalla että vedessä. Aurinko paistoi ja mieliala nousi.

Jonkin ajan jälkeen sitten päätettiin, että otetaan ensin viinaa ja lähdetään sitten tanssimaan. Tiedettiin, että venäläiset juovat vodkan raakana, joten laitettiin pullo kiertämään, josta jokainen otti ryyppyjä. Vodka maistui kirpeälle, mutta samalla siitä levisi voimakas makutunne leukalihaksiin. Oli odottava tunnelma. Kolmannen tai neljännen ryypyn jälkeen se sitten alkoi tulla, nimittäin taivaallinen nousuhumala. Aivan uusi mieletön kokemus, jossa itsetunto nousi kohisten, hyvänolon tunne lisääntyi räjähdysmäisesti, minäkuva voimistui, estot hävisivät ja oma persoona muuttui hallitsevaksi. Vodka oli saavuttanut hyvänolokeskuksen ja antoi sieltä impulssejaan. Kaikki puhuivat yhteen ääneen, mutta kukaan ei kuunnellut.

Tämä taianomainen tunnetila ja valtava yhteenkuuluvuuden korostuminen kesti noin kaksikymmentä minuuttia.

Sen jälkeen hyvänolokeskuksesta tuli viesti, että pitää ottaa lisää viinaa ja näin tehtiin. Humalan tuntemus muuttui siten, että piti päästä liikkeelle. Aktiivinen kanssakäyminen jatkui ja pian nähtiin jo ensimmäinen horjahdus. Tässä vaiheessa tuli tarve tehdä jotain poikkeavaa, ja siinähän se oli matala ranta. Sinne vain vaatteet päällä ja vesileikkejä kehiin. Hauskaksi muodostui töniminen, jolla sai kaverin kaatumaan veteen. Tässä vaiheessa alkoi jo yleisöäkin olla ja sehän vain kannusti kavereita entistä rivakampiin suorituksiin.

Jälleen hyvänolokeskus kehotti ottamaan lisää viinaa ja niin tehtiin. Hetken aikaa kuului valtava möykkä yhdestä teltasta, jonne kaikki olivat ahtautuneet. Seinät pullistelivat hetken, mutta sitten kaikki vääntäytyivät ulos. Liikehdintä jatkui Matin ja Erikin painiesityksellä, jossa ei kyllä oikein ollut voittajaa.

Jälleen hyvänolokeskus kehotti ottamaan lisää viinaa. Kokemuksesta tiedetään, että illan edistyessä hyvänolokeskus ehdottaa ryyppyjen ottamista yhä useammin, ja nyt taas oli niiden aika. Nyt ryypytkin olivat pidempiä, koska suun tuntoaisti oli jo turtunut niin paljon, että kirpeys ei tuntunut.

Vielä kerran hyvänolokeskus kehotti ottamaan lisää viinaa. Nyt alkoi lähestyä se viimeinen vaihe, eli niin kutsuttu helikopterihumala, jossa käsitys ajasta ja paikasta ovat hävinneet ja jäljellä on vain ympäri pyöriminen ja käsien huima räpyttely. Joku kaatuu sammumisasentoon jo suoraan tästä, joku toinen yrittää pysyä pystyssä vielä vähän kauemmin. Tässä vaiheessa orkesteri aloitteli jo tansseja ja siellä kaikilla oli niin mukavaa, mutta Jawoilla saapuneet nuoret eivät siitä tienneet.

Aamuyöstä nuoret alkoivat heräillä ja olivat täysin ymmällään – mitä tämä on. Heille oli tulossa aivan kammottava krapula, joka on yhtä kuin lievä viinamyrkytys. Mitään tällaista he eivät olleet koskaan kokeneet, pääkipu oli valtava, oksennutti, tai itse asiassa kaikki kehon aukot olivat aktiivisina. Ei auttanut kuin maata ja kärsiä sekä välillä ryömiä ulos asioilleen. Vaatteet olivat hiekalla kyllästettyjä ja aiheuttivat kutinaa. Tilanne pysyi yhtä tukalana koko päivän, jaloille noustessa pääsärky yltyi ja kaikki suuhun laitettu tuli saman tien ulos. Vasta illalla oli kuntoa käydä uimassa, pestä vaatteita ja palata vähitellen normaaliin tilaan.

Jawa

Tämän heidän kuningasmatkansa muistot kuitenkin hälvenivät vähitellen, mutta ehkä niistä jäi pieni oppimäärä elämän viisautta. Nelikko ajeli Jawoillaan ja vietti aikaa yhdessä. Loppukesästä he huomasivat mainoksen moottoriltaan isommasta Jawasta, jonka moottori oli 350cc. Lisäksi sen väri oli musta ja se näytti todella hienolta. Se kiinnosti, ja nelikko lähti katsomaan uutta pyörää paikanpäälle. Isompi moottori teki pyörästä painavamman ja sillä ajaminen vaati enemmän osaamista eli pyörän hallintaa.

Pyörässä oli kaksi sylinteriä ja kaksi pakoputkea ja se ääni, mikä koneesta jo tyhjäkäynnillä lähti, oli mehevä. Kone otti herkästi kierroksia ja kiihtyvyys oli huippuluokkaa. Myyjä oli erittäin aktiivinen ja kehotti Mattia – joka oli enemmän kiinnostunut – koeajamaan pyörää. Matti kävi ajamassa, mikä tuntui mahtavalta. Sitten hän kehotti Majaa istumaan takaistuimelle, että tämäkin voi kokea moisen vireän liikkumisen. He lähtivät koeajelulle. Ensimmäisessä kurvissa he eivät kallistaneet riittävästi ja pyörä oli vähällä lähteä käsistä. Matti säikähti, mutta he jatkoivat ajoa. Vauhti pyrki kuitenkin nousemaan ja yllättäen oli melko jyrkkä käännös vasemmalle. Matin olisi pitänyt kallistaa voimakkaasti, mutta hän painoikin jarrua. Siitä seurasi, että etupyörä törmäsi 8x8 palkista tehtyyn suoja-aitaan. Pyörä matkustajineen teki ilmassa kaksi volttia ja putosi sitten syvään ojaan. Kuului rusahtava ääni, jota kukaan ei ollut kuulemassa. Sen jälkeen paikalla vallitsi kuolemanhiljaisuus.

Jawa

Uudempi elämä

Kaarlo oli yrittäjä viimeistä solua myöten. Hänellä oli monia bisneksiä ja hän pärjäsi niillä hyvin. Ensimmäisen miljoonansa Kaarlo teki jo 25-vuotiaana, ja nyt kolmekymppisenä hänellä oli yritysrypäs, jonka arvo oli moninkertainen. Hallituksen puheenjohtajana hän piti säännöllisesti väkevät kuukausikokoukset, joilla hän varmisti, että yksiköiden johtajat vievät asioita eteenpäin. Samalla hän vaani koko ajan, miten löytyisi uusia menestyksen kohteita. Käytännössä tämä merkitsi sitä, että hän oli aina menossa ja vapaa-ajat olivat hänelle täysin tuntemattomia. Kanssaihmiset sekä ihailivat että kadehtivat häntä, joihin molempiin oli aihetta.

Ulkonäöltään Kaarlo oli kirveellä veistetyn näköinen, ei kovin komea, mutta toisaalta melko karismaattinen. Pukeutumisen suhteen Kaarlo oli täysin välinpitämätön, eli poisnäöltään hän oli lähes aina "riihen seinästä reväästyn" näköinen. Mutta se luonne, se oli aivan mahtava. Se koostui äärimmäisestä positiivisuudesta, muiden ihmisten empaattisesta huomioon ottamisesta ja lähimmäisen auttamishalusta.

Kaarlolla akka oli vielä löytämättä. Se oli ymmärrettävää, sillä työ täytti päivät ja puolison etsimiseen ei jäänyt aikaa. Naisseuraa vuosien varrella oli kyllä ollut, mutta mitään syvällisempää suhdetta niistä ei syntynyt. Sitten eräänä päivänä Kaarlon puheille tuli kaunis, tyylikäs nainen, joka säikäytti hänet hienostuneella olemuksellaan ja sai Kaarlon rakastumista säätelevät hormonit nopeaan nousuun. Nainen oli nimeltään Vieno, jolla oli myös vieno kutsuva ääni, ja tällä samalla äänellä hän ilmoitti tarvitsevansa remonttimiestä kodin muutostöihin. Kaarlolla oli kyllä yrityksissään remonttimiehiä, mutta tämän keikan hän päätti hoitaa itse.

Vienolle oli tärkeää olla tyylikäs ja näyttää ulospäin mahdollisimman hyvältä. Tämän kaiken hän osasi ja kanssaihmiset kääntyivätkin katsomaan, kun hän ylväästi sipsutteli ohitse. Vieno oli kolmekymmentäviisivuotias ja hänellä oli valtava vanhenemisen pelko. Se vuoksi hän kävi säännöllisesti kauneushoidoissa, ja iltaisin hän roiski valtavan määrän rasvaa kasvoihin. Lisäksi pitkin päivää hän katseli itseään peilistä edestä ja takaa.

Vieno oli myös kulttuurin suurkuluttaja. Hän kävi teatterissa, oopperassa, konserteissa ja erilaisissa taidenäyttelyissä. Taiteen suhteen Vieno kyllä poikkesi monista, sillä hän rakasti naivistista taidetta. Hänen lempitaulunsa oli naivistitaiteilija ja muusikko Martti "Huuhaa" Innasen taulu, nimeltään: "Umpitollo seuraa tapahtumia Kälviän maitojunaseisakkeella" – hinta 400 €. Siinä seisoo harvahampainen mies valtava kaulahuivi kaulassaan, ja voi hyvin kuvitella, että päässä ei todellakaan ole paljon viisautta.

Työelämässä Vieno oli enimmäkseen ollut erilaisten kulttuuriorganisaatioiden palveluksessa. Hänen miessuhteissaan enemmistönä olivat olleet niin kutsut "taivaanrannanmaalari"-tyyppiset kulttuuripersoonat, joille kaikille oli yhteistä tyhjä lompakko ja suuret puheet.

Oli remontin aika. Kaarlo alkoi tehdä pyydettyjä tehtäviä ja työ eteni nopeasti. Kaarlolla oli eväät mukanaan, mutta kun Vieno huomasi sen, lupasi hän laittaa ruokaa muina päivinä. Seuraavan päivän ruokailun jälkeen Vieno mainitsi muutaman mieltä painavan asian, ja jostain syystä hänellä tuli mieleen vielä monia muitakin asioita, joista hän kertoi. Tämä avautuminen johtui siitä, että Kaarlo oli erittäin hyvä kuuntelija ja pienellä asiatönäisyllä hän sai toisen jatkamaan juttuaan. Seuraavana päivänä juttutuokio oli edellistä pidempi.

Tähän asti Kaarlo oli vain kuunnellut, mutta nyt kolmantena päivänä hän käynnisti oman hurmauskoneistonsa, joka oli pitkälle Vienon persoonallisuuden huomioimista ja tämän eri asioissa tekemiensä ratkaisujen arvostamista. Vienolle ei kukaan ollut ennen puhunut näin tai tehnyt tällaista vaikutusta, joten moinen alkoi jo kuumottaa.

Seuraavina päivinä Kaarlo ja Vieno ihmettelivät mitä nyt on tapahtunut – eihän tässä enää mikään tunnu normaalilta. Onko tämä nyt sitten sitä rakastumista, jossa kaikki muut asiat muuttuvat toisarvoisiksi. Nämä kaksi nuorehkoa alkoivat tuntea voimakasta vetoa toisiaan kohtaan, niin että aivan kipiää otti. Tilanne muuttui hyvin nopeasti intiimimpään suuntaan, ja kyllähän hallituksen puheenjohtajan jykevä lempi Vienolle maistui.

Kaarlo oli nopeatempoinen mies ja niinpä hän kuskasi Vienon kylille kultasepänliikkeeseen. Siellä Vienolle lyötiin kultaa sormiin ja korviin. Jotain killuvaa laitettiin kaulaankin. Vieno oli suhteellisen sekaisin tästä vauhdista, mutta kivalta se tuntui. Asioinnin loputtua Kaarlo sanoi, että nyt mennään tämän asian kunniaksi syömään. He lähtivät ajamaan, ja pian Vieno ihmetteli, että eihän täälläpäin ole ravintolaa, mutta yhtäkkiä he olivatkin monitoimiasema ABC:n pihassa. Vienolle tämä oli melkoinen kulttuurikolaus, mutta vaikea siitä oli nyt kiukuttelemaankaan ruveta – jonoon vain ja lihapullia muusilla.

Tätä sutinaa kesti jonkin aikaa ja alkoi olla selvää, että häät olivat tulossa. Oli helppo arvata, että Kaarlo päätti pitää sellaiset häät, joita ei ennen ollut nähty ja näin myös tapahtui. Häihin kutsuttiin koko pitäjä ja tarjoilu oli mahtavaa. Musiikki ja kaikenlainen juhliminen kesti kaksi vuorokautta. Seuraavana päivänä oli melko hiljaista, kun ihmiset parantelivat oloaan. Joku etsi tekohampaitaan, jotka olivat oksentaessa pudonneet. Kun tästä oli selvitty, niin juhlista jäi todella väkevät muistijäljet, joista sitten puhuttiin pitkään.

Häiden jälkeen keskinäinen kanssakäyminen oli entistä kiihkeämpää ja tuntui siltä, että molemmat ottivat kiinni niitä kokemuksia, joista nuorempana olivat jääneet paitsi. Seuraavat ajat olivat sitten tätä räiskyvää tulitusta. Tämän liihottelun lisäksi oli myös arkielämä, joka vähitellen alkoi näyttäytyä. Vieno havahtui siihen, että kaikki kulttuuririennot olivat jääneet pois. Se tuntui kauhistuttavalta – eihän näin kapeakulttuurista elämää voi elää. Kaarloa eivät nämä kulttuurihömpötykset kiinnostaneet. Olihan Vieno näitä ehdottanutkin, mutta Kaarlo ilmoitti epäkiinnostuksensa hyvin selkeästi. Kaarlo kuunteli vain Järviradiota kaikessa rauhassa.

Vienon sisäinen voimakas hienostokulttuuri oli nyt pahasti häiriintynyt. Tämä ristiriita alkoi pyöriä

Vienon päässä, joka oli jo melko sekaisin. Itse asiassa Vienon aivosolut eivät koskaan tätä ennen olleetkaan olleet näin aktiivisia. Nyt ne kävivät ylikierroksilla ja tämä sekamelska alkoi näkyä jo ulospäinkin. Kaarlo ihmetteli, että mitä tuo akka nyt yhtäkkiä on "ruvennu simppaalemahan" kun kaikkea on ja rahakaan ei lopu.

Vienon sisäinen kamppailu jatkui ja hän päätti lopulta mennä psykoterapeutin puheille. Vieno käskettiin soffalle maata ja sitten tulivat kysymykset lapsuuden aikaisista kokemuksista. Vähitellen tultiin nykyaikaan ja psykoterapeuttikin ihmetteli, että kuinka noin rikkaalla voi olla noin vähäiseltä tuntuva ongelma. Lopuksi hän päätti kertoa totuuden: "Näyttää kyllä siltä, että et parane, ennen kuin pääset taas taivaanrannanmaalarien pariin". Siinä se oli. Vieno säikähti kunnolla – onko tilanne tosiaan näin vakava, miten ihmeessä tästä selvitään.

Vienoa jännitti aika lailla, kun hän alkoi kertoa tuntemuksiaan Kaarlolle – miten tämä mahtaa suhtautua näihin asioihin. Vieno oli jopa vähän pettynyt, kun Kaarlo sanoikin, että kyllä hän on huomannut tämän asioiden kehityksen tässä viimeisen kuukauden aikana, ja ymmärtää kyllä tämän ristiriidan. Edelleen yhtä nopeita ratkaisuja tekevänä Kaarlo laittoi tuomarit asialle, ja he hoitivat

Uudempi elämä

avioeron Amerikan vauhdilla. Jaossa Vieno sai omaisuutta pari miljoonaa. Ratkaisujen jälkeen Kaarlo totesi mielessään, että olihan tämä sellainen kiva pyrähdys elämässä.

Lukijaa varmaan kiinnostaa, miten Vienon elämä jatkui. No, siitä on pelkkää positiivista kerrottavaa. Vieno heittäytyi kulttuuririentoihin täydellä sydämellä ja alkoi nauttia kaikesta siihen liittyvästä. Kulttuurivaikuttajiksi itsensä tuntevat miehet tutustuivat mielellään Vienoon, ja nyt eivät monet asiat olleet myöskään rahasta kiinni.

Kaarlo oli kuitenkin jo sen verran tottunut naisseuraan, että hän laittoi lehteen ilmoituksen, jossa luki seuraavaa: "Otan vastaan vaimokseni haluavia naisia. Vuoronumeron saa paikallisesta Prismasta". Jono oli melko pitkä ja keskusteluissa Kaarlo painotti sitä, että hakijan pitää pystyä elämään yhtä kapeassa kulttuurissa kuin hän. Sopiva henkilö löytyi, nimeltään Anneli, ja pian oli pitäjässä taas maata kaatavat häät. Oli tarjottavaa ja monenlaista musiikkia. Yhtenä musiikin tuottajana oli Ilpo Karisen tanssiorkesteri. Runsaan tarjoilun seurauksena pitäjäläisiltä meni taas jälkisammutteluun pari päivää.

Kaarlon bisnekset olivat kasvaneet koko ajan ja nyt tuntui sopivalta ajalta myydä koko yritys. Näin hyvin hoidetulle yritykselle löytyi ostaja nopeasti ja Kaarlo sai suunnitella uuden suunnan itselleen ja perheelleen, jonka uusimpia jäseniä olivat lapset Sami ja Suvi. Kaarlo osti ison järvenrantatontin, jonne hän rakennutti lomaravintolakompleksin. Suunnittelijat tekivät koko miljööstä niin kutsuvan näköisen, ettei sitä voinut ohittaa. Aika nopeasti paikka sai nimeä ja toiminta pyöri aktiivisesti. Yhtenä erikoisuutena oli sauna, joka oli lämpimänä koko ajan, vuorokauden ympäri. Saunan ja uima-altaiden yhteydessä oli isot pukuhuoneet ja vilvoittelutilat siten, että sinne voi kävellä tuosta vain.

Aikaa kului ja Kaarlo päätti ottaa selvää missä Vieno menee ja kutsua hänet vieraisille. Sovittuna päivänä Vieno saapui, seuralaisenaan kulttuuripiireissä tunnettu Henrik. Pöytään laitettiin parhaat antimet keskustelun käynnistämiseksi ja kyllähän juttua riitti. Keskustelua hallitsivat Vieno ja Henrik, joilla oli valtava määrä kokemuksia ja tietoa eri kulttuurin aloilta ja ennen kaikkea mahdollisuus olla mukana näissä useissa kulttuuririennoissa. Sen jälkeen käytiin läpi Kaarlon ja Annelin elämää, joka nykyisellään täytti hyvin molempien toiveet yhteisestä elämästä. Lopuksi kummasteltiin sitä, miten monen mutkan kautta elämässä kuljetaan, ennen kuin

Uudempi elämä

savutetaan sellainen tasainen elämäntilanne, jossa uskaltaa vanheta.

Uudempi elämä, osa 2

Uudempi elämä, osa 2

Novellin ensimmäisessä osassa Kaarlon ja hänen läheistensä elämä asettui monien elämänvaiheiden kautta melko seesteiselle tasolle, joskin näköpiirissä heijasteli taas uusia kiinnostavia tulevaisuuden haasteita. Tämän myös lukijat huomasivat, ja esittivät kiinnostuksensa siitä, minkälaista näiden henkilöiden elämä olisi jatkossa. Tämä sattui kohdalle, koska näiden henkilöiden elämässä alkoi todella tapahtua ja niistä asioista on aihetta kertoa lisää.

Palataan kuitenkin ajassa taaksepäin, eli Kaarlon uuden vaimon hankintaan, joka tapahtui lehdessä ilmoitetulla haastattelulla ja jossa valituksi tuli Anneli vuoronumerolla 54. Anneli oli yllättynyt, että hakijoita oli ennen häntä näin paljon. Toisaalta hänellä oli aikaa ajatella, ja hän aikoi laittaa kaikki peliin. Anneli oli terävä, älykäs ja ymmärsi laajasti kaikki ihmisten keskinäisen käyttäytymisen mallit. Hän luki toista ihmistä kuin avointa kirjaa. Tästä voi helposti arvata, että Kaarlon valinta oli ollut helppo.

Anneli perehtyi alusta lähtien Kaarlon eri yritysten toimintaan ja hänelle muodostui tärkeä asiantuntijan rooli. Päästessään asioista perille hän valmisteli yhtiökokouksiin merkittäviä päätöksiä edellyttävät asiat niin päätösvalmiiksi, että Kaarlo ei aina huomannutkaan, että päätös oli jo tehty

77

Annelin toimesta. Perheasiat ja rakastelut Anneli hoiti siinä sivussa ja syventyi yhä enemmän yritysten toimintaan, ja myöhemmin hänen vastuulleen tulivat kaikki henkilöstöasiat. Eräänä päivänä Anneli huomasi, että yhden yhtiön johtaja oli muninut tärkeän asian, ja tämä sai lähteä välittömästi Aku Ankka -potkujen muodossa, jossa vauhti on niin kova, että palan matkaa jalat eivät ota maahan ollenkaan.

Edellisen novellin lopussa Kaarlo ja Anneli sekä Vieno ja Henrik tapasivat. Nyt he päättivät tavata uudestaan. Vienokin oli sillä välin ponkaissut pojan, joka oli kovin toivottu ja saanut nimen Markus. Keskusteltavaa riitti entistä enemmän ja inhimillisten aiheiden jälkeen alkoi keskustelu siirtyä liikeasioihin. Kaarlolla oli jo iso lomaravintolakompleksi. Henrikillä taas oli merkittävä asema taidekentässä, ja hän oli vastuussa monien kulttuuriorganisaatioiden toiminnasta, joten hänellä oli laajasti vaikutusvaltaa asioita kehitettäessä. Tästä syntyi ajatus voimien yhdistämisestä. Ajatus oli kaikkien mielestä erittäin innostava, joten he päättivät mennä kotiin miettimään uutta ideaa, ja pitää pikimmiten uusi palaveri asian tiimoilta.

Uudessa palaverissa kaikki aivan uhkuivat uutta intoa ja ideoita ryöppysi herkeämättä. Kun kaikki olivat aikansa pulisseet ja puhuneet toistensa päälle, otti Anneli tilanteen hanskaan ja asettautui porukan puheenjohtajaksi. Hän alkoi laittaa asioita järjestykseen. Keskeiseksi ja vallitsevaksi päätökseksi tuli, että tehdään ennakkoluulottomasti sellaisia asioita, joita ei koskaan ennen ole tehty. Näin alkoi rakentua uusi suunnitelma kokonaisesta viihdealueesta, jonka kattavuus olisi melkoisen laaja.

Suunnitelman päävaiheet olivat seuraavat: rakennetaan huippumoderni luksushotelli, joka viimeistään vuoden päästä on viiden tähden hotelli ja ravintola -kompleksi, joka suunnataan erityisesti ökyrikkaille sekä tärkeille valtiomiehille ja -naisille. Tämän hotellin hintataso seuraa vastaavien hotellien hintoja maailmalla, eli esimerkiksi sviittien hinnat ovat alkaen 5000 euron luokkaa yöltä.

Viereen rakennetaan toinen hotelli ja ravintola -kompleksi, joka on nykyistä keskitasoa vastaava hotelli, ja suunnattu ns. tavallisille vieraille. Tässä hintataso seuraa vastaavien hotellien hintoja, eli sviittien hinnat liikkuvat 400–500 euron tasolla. Täysin uutena asiana tulee kuitenkin se, että molemmissa hotelleissa on täysin sama palvelu, eli normaalitasoisessa hotellissa ovat myös pukumiehet ovella valkoisissa hanskoissa, ja palvelu on joka paikassa huippuluokkaa. Pienintäkään palvelun puutteellisuutta ei sallita. Näillä päätöksillä lähdettiin eteenpäin. Tulevan hotellikokonaisuuden nimeksi päätettiin antaa Happy World Finland.

Rakennustyöt käynnistettiin ja nopealla aikataululla valmistuivat nämä kaksi erillistä hotellia, joihin molempiin tuleva sama palvelutaso oli sisältävä seuraavia asioita:

- Hotelliin tultaessa auton pysäköintipalvelu ja halutessa auton pesu.
- Laukkujen vienti huoneisiin ja tavaroiden purku kaappeihin.
- Suurikokoinen vastaanottotila, jossa paljon istumatilaa ja juomatarjoilu.
- Personoitu tervetuliaistoivotus jokaiselle vieraalle, kukkia tai jokin muu lahja huoneessa.
- Minibaari ja huonepalvelu ympäri vuorokauden.
- Hovimestari, joka hoitaa esimerkiksi ravintolavaraukset ynnä muun sellaisen.
- Hyvinvointiin liittyviä tuotteita koristeellisissa pulloissa.
- Pyykkipalvelu.
- Silityspalvelu (vaatteiden palautus tunnin kuluessa), kenkien kiillotuspalvelu.

- Herätys.
- Aamiaisbuffet tai aamiaispalvelu huoneeseen.
- Hieronta huoneessa.
- Sängyn valmistelu iltaisin.
- Tallelokero huoneessa.

Ökyrikkaille nämä palvelut ovat täysin tuttuja ja jokapäiväisiä, mutta keskitason hotellivieraalle ne ovat aivan uusia ja yllättäviä. Esimerkiksi kun eläkkeellä oleva metallimies vaimoineen ajaa Ladalla ovelle, ovat pukumiehet valkoisissa hanskoissa ottamassa auton ja matkatavarat vastaan. Miehen matkatavarana on vanha ruskea salkku, jossa työssä käydessä oli eväinä leivät ja viinapullossa maitoa. Nyt salkussa on kalsarit, paita, sukat ja hammasharja, jotka pukumiehet sitten purkavat kaappiin. Vaimon matkalaukkuna on jokin kantokassi, jonka sisältö myös puretaan kaappeihin. Tämä on niin erilaista, että jotkut tuntevat olonsa hieman vaivaantuneeksi tästä palvelusta.

Molemmissa hotelleissa on omat hienot ravintolat, joissa huippuruuan lisäksi on elävää musiikkia saatavilla koko ajan. Salit on suunniteltu siten, että paikan valinnalla voi vaikuttaa musiikin voimakkuuteen. Eliittipuolella musiikki on päivällä klassiseen, viihteelliseen musiikkiin, ja jazziin vivahtavaa. Iltaa kohden musiikki muuttuu tanssimusiikin suuntaan. Tavallisten vieraiden puolella musiikki on päivällä viihteellistä, iskelmällistä ja välillä on myös harmonikkaa. Myös Susanna ja Ilpo Karisen Salonkiyhtye käy vierailemassa täällä päiväsaikaan. Iltaisin esiintyy tunnettuja suomalaisia solisteja yhtyeineen.

Viihdealueella on jo ennestään sauna, joka on lämpimänä koko ajan vuorokauden ympäri. Sen yhteydessä on isot pukuhuoneet ja vilvoittelutilat siten, että sinne voi kävellä tuosta vain. Uutuutena on erillinen luonnon uimaranta, jossa on myös kaksi isoa savusaunaa. Lisäksi on rakennettu voimaurheilijoille harjoituskeskus, jonka käyttötarkoitus selviää seuraavassa.

Näiden alueiden ja rakennusten välimatkat ovat noin 200–400 metriä ja niiden välinen liikenne hoidetaan kantotuoleilla, eli sama laite, jolla kuninkaita kuskattiin vanhaan aikaan. Erona on vain, että nyt kantajina toimivat harjoituskeskuksen urheilijat, joille kantaminen on treenausta. Aluksi kantotuoli-idea aiheutti närkästystä siitä, että se on ihmisarvoa alentavaa. Sitten kun selvisi, että kantajat saavat työstään vieläpä huippupalkkaa, loppuivat puheet. Tuoliin mahtuu kaksi henkilöä ja kantajia on neljä. Kantotuoli on modernisoitu siten, että se on samanlainen kuin metsäkoneiden ohjaamot, eli siellä on stereot, ilmastointi, puhelin, netti ja talvella lämmityslaite. Myös kantotuolin aisat ovat ergonomisesti oikealla korkeudella, niin että kantoasento on luonnollinen. Asiakas voi tilata kantotuolin ja se on paikalla parissa minuutissa. Kantotuolilla voi tehdä myös pidempiä luontokierroksia kauniissa lähimaastossa. Maksu kantotuolilla ajosta on täysin vapaaehtoista. Asiakas voi maksaa tuolin kassaan, korttilaitteeseen tai asettaa huoneen numerolle haluamansa summan. Puolet kantotuoleilla saatavista tuloista lahjoitetaan suomalaisten vähäosaisten auttamiseen.

Erikoisuutena huoneissa on hajusimulaattorit, joita säätämällä asiakas voi tuottaa huoneeseen mieluisaksi kokemaansa hajua ja luoda näin tunnelmaa. Hajukokoelma on erittäin laaja – tässä joitakin esimerkkejä: metallimies voi tuottaa metalliverstaan hajua, jota hän haistellut 40 vuotta ja saa näin mieluisia muistikuvia. Sikafarmari voi tuottaa sikalan kusenhajua ja kokea miten se on juuri sitä rahan hajua. Kauneudenhoitaja voi tuottaa sitä parfyymien sekamelskaa, jota on haistellut työssään pitkään, ja niin edelleen.

Kaikkien käytettävissä on myös moderni musiikkistudio, jossa on kaikki soittoinstrumentit ja kolme pätevää muusikkoa ohjaamassa ja soittamassa mukana, kun asiakas haluaa itse soittaa jotakin instrumenttia. Kosketinsoittimina ovat Yamaha Genos ja Clavia Nord Stage 388. Kuningassoittimena on Hammond urku B3, ja siihen kuuluva puu-Leslie. Siinä on niin ainutlaatuinen soundi, että sitä kun vähän hipaisee, niin alkaa iho mennä heti kananlihalle. Tietenkin myös Steinway-flyygeli, jonka vireys tarkistetaan kahden viikon välein. Kitarat, rummut ja muut soittimet ovat myös laadukkaita. Studiossa asiakas voi myös äänittää omaa soittoaan tai lauluaan.

Molemmissa hotelleissa on oma karaokebaari, koska ilman sitä ainakin suomalaiselta jää jokin kokemus vajaaksi. Yleensä karaokebaarien laitteisto ja ympäristö ovat akustisesti huonoja, jolloin laulut eivät kuulosta hyviltä. Näissä baareissa laitteisto sekä akustiikka ovat huippuluokkaa, ja ne on miksattu niin, että kokonaisuus on todella hyvä. Halutessaan asiakas saa omasta laulustaan äänitteen mukaansa. Kulttuuria edustaa Henrikin suunnittelema taidenäyttely, jossa teoksia on kaikilta taiteen alueilta. Mukana on tietenkin myös naivistista taidetta, josta Vieno erityisesti pitää.

Kesäisin alueella pidetään kantotuolifestivaalit, jossa keskeisenä lajina ovat kantotuolikilpailut.

Sarjoja on kaksi ja matkoja myös kaksi. Ensimmäisessä sarjassa tuolissa on kaksi 80 kg painoista henkilöä ja toisessa sarjassa kaksi 120 kg painavaa henkilöä. Matkoina on 500 metriä ja 1000 metriä. Yleisöllä on mahdollisuus kokeilla kantotuolin kantamista ja tarjolla on myös kantotuoliajeluja.

Suunnittelu- ja rakennusvaiheessa kanssaihmisillä oli suuri huoli siitä, että eihän tuollainen järjestelmä voi toimia, jossa eri tasoisissa hotelleissa on samat palvelut. Tarkastellaan nyt sitten, miten nämä asioiden erilaisuudet sopivat asiakkaille. Lähtökohtana on se, että joka ikinen toimintaan liittyvä asia informoidaan etukäteen esitteissä ja netissä hyvin tarkkaan, jolloin asiakas tietää mitä odottaa, eli mikään asia ei tule yllätyksenä. Toisin sanoen asiakas voi tyhjentävän ennakkotiedon perusteella päättää siitä, haluaako hän tulla vieraaksi vai ei.

Kaiketi moni asiakas kuitenkin huomaa, että näiden erilaisuuksien lisäksi koko hotellimiljöö kaikkine toimintoineen on hyvin ainulaatuinen ilmiö ja ympäristö Suomen kauniissa luonnossa.

Seuraavassa selontekoa näiden hotellien palvelujen keskinäisistä suhteista:

- Suomalainen järviluonto kaikkine harrastuksineen on kaikille sama.

- Saunakompleksi uima-altaineen on kaikille sama.
- Savusaunat ovat kaikkien käytössä samalla tavalla.
- Hajusimulaattorit ovat kaikilla.
- Kantotuolipalvelut ovat samoja.
- Kaikki pukumiesten tuottamat palvelut ovat äärimmäisen kattavia ja samoja.
- Musiikkistudio on yhteinen – karaokebaari on oma kummassakin hotelissa.
- Taidenäyttely on yhteinen.
- Huonehintojen ero on sama, mitä maailmalla yleensä tällaisten huoneiden välillä on.
- Ainoa poikkeus on ruoka, eli kaviaari ja suppilovahveropasteijat maksavat tavallisella puolella vain neljäsosan eliittiravintolan hinnoista. Vastaavasti lihapullat ja muusi maksavat eliittipuolella neljä kertaa enemmän.

Nämä kaikki edellä kuvatut riskit otettiin ja lähdettiin liikkeelle. Nyt aikaa aloituksesta on kulunut jo lähes kymmenen vuotta, ja tähän päivään asti jatkuva toiminta on ollut erittäin suosittua ja myös tuottavaa. Tämä formaatti on tullut tunnetuksi laajalti maailmalla ja vuosien varrella Happy World Finlandissa on vieraillut kuuluisia persoonia sekä

Uudempi elämä, osa 2

valtiomiehiä ja -naisia. Palaute on ollut aina erinomaista ja uusia varauksia on tehty koko ajan. Yleensä uusia formaatteja matkitaan, mutta ilmeisesti tämä on niin "Suomi-malli", että se ei toimi muualla, eikä kopioita ole tullut. Suomeen vastaavasti ei mahdu kahta tällaista juttua.

Tässä samaan aikaan lapsetkin ovat aikuistuneet. Kaarlon ja Annelin tytär Suvi ihastui Henrikin ja Vienon Markus-poikaan ja he menivät naimisiin. Häät olivat taas valtavat ja koko kylä juhli täysillä pari päivää. Ja taas kadonneita esineitä etsittiin.

Suvi siirtyi yrityksen toimitusjohtajaksi ja hänen veljensä Sami hoitamaan markkinointia. Markuksella on niin paljon taiteellista kykyä, että hän toimii tehokkaasti visionäärinä katsoen eteenpäin. Nyt vanhemmalla polvella on aikaa saunoa rauhassa ja muistella mutkikasta taivaltaan, jossa ennakkoluulottomuus kannatti ja aluksi oudoiltakin tuntuvat ideat toimivat. Uudella sukupolvella on runsaasti virtaa ja kukaan ei tiedä mitä kaikkea Happy World Finlandin toiminnassa vielä tapahtuukaan esimerkiksi kymmenen vuoden päästä.

Heteka

Heteka

Aluksi vähän historiaa. Helsingin Teräshuonekalutehdas esitteli ensimmäiset joustinpatjavuoteet eli Hetekat vuonna 1932. Heteka oli erittäin suosittu 1930-luvulta aina 1950-luvulle asti. Arvio oli, että tänä aikana tehtiin noin kaksi miljoonaa hetekaa. Tämä vuodekokonaisuus koostui kahdesta metalliputkisesta sängystä toistensa sisällä, joista toinen voitiin vetää pienillä pyörillä varustettuna toisen alle. Joustava sängynpohja oli tehty salmiakin muotoisista teräslankakudelmista, jotka oli yhdistetty sängyn päissä olevilla jousilla. Päivällä heteka oli kaunis, tilaa säästävä lepotuoli, ja yöksi se muuttui silmänräpäyksessä kahdeksi mukavaksi sängyksi. Valtaosa suurista ikäluokista sai alkunsa hetekassa. Vanhoissa puisissa sängyissä kukoistaneet luteet olivat myös ihmeissään, kun hetekaan ei voinutkaan rakentaa pesää. Eräs ominaisuus jäi mainostajilta kuitenkin kertomatta, eli hetekan kotoisen lämmin narahtelu ja vingahtelu.

Hetekan tulevat omistajat Kyösti ja Siiri solmivat avioliiton kolmekymmentäluvun alussa ja asettuivat asumaan Kyöstin hartiapankilla rakentamaan taloon. Talossa oli kolme huonetta, joista vain kahta käytettiin vakituisesti. Kolmas huone oli niin sanottu peräkamari, jota käytettiin vain juhlatilaisuuksissa. Tämä oli siihen aikaan aika yleistä, koska haluttiin säästää lämmityksessä. Vesi haettiin prunnista eli kaivosta. Tiskipaikkana oli alumiinilla päällystetty pöytä, jonka toisessa päässä oli syvennys ja torvi alakaapissa olevaan likasankoon. Tiskipöydän päässä pestiin myös kädet ja kasvot. Likasangon täyttymistä ei aina huomattu, jolloin vesi valui iloisesti lattialle. Tarpeilla käytiin ulkohuoneessa, ja talvella porstuassa oli kusisanko. Näin olosuhteet Kyöstin ja Siirin auvoiselle tulevaisuudelle olivat tulossa kuntoon, ja yhtenä hankintana oli parhaaksi ja terveellisimmäksi nukkumapaikaksi mainostettu heteka.

Heteka tuotti perheelle iloa ja luvattua tilansäästöä. Kylkeä kääntäessä heteka päästi vaimean kotoisan narahduksen ja uni jatkui. Aviollisia velvoitteita suoritettaessa tilanne muuttui, eli narahdukset ja vingahdukset alkoivat toistua rytmikkäästi. Kirjaimilla kuvattuna jotenkin tähän tapaan: "skriik, skraak, viuuh, vauuh, straiffin, stroiffin, miu, mau, rousk, rausk, twiitht, twuutht, narsk, nursk", ja niin edelleen. Aluksi vähän hitaammalla tempolla, mutta kiihtyen lopulta lähelle humpan tempoa. Sitten ihana hiljaisuus.

Perhe kasvoi ja aina vuosittain tarvittiin uusi häkkisänky lapsille. Aluksi nämä aviollisista velvoitteista tulevat äänet vain syvensivät lasten unta, mutta vähän myöhemmin alkoi häkkisängyistä

Heteka

nousta pelokkaita ja itkuisia päitä. Oudot hätääntyneen kuuloiset ihmisäänet yhdistettynä teräksen raastavaan kirskuntaan olivat lapsille täysin käsittämättömiä. Rauhoitteluun meni aikaa.

Kyösti mietti ongelmaan ratkaisua ja sitten hänelle syttyi idea. Talon yhteydessä oli ulkokartano ja siinä oli sopiva liiteri, johon Kyösti eristi pienen lämmitettävän tilan. Sinne hankittiin oma heteka ja samalla Kyösti kekseliäänä miehenä vähän viritteli sitä ottamalla pois pari jousta. Tällä saatiin ylös ja alas kulkevaan liikerataan lisää iskunpituutta. Virittely toimi ja lähellä H-hetkeä heteka antoi aivan mahtavan potkun ja riipaisevan soundin. Ongelmana oli vain, että Kyöstin oli vaikea tietää minä päivinä Siirin pää ei ollut kipeä ja niinpä hän joutui lämmittämään tätä lemmenpesää koko ajan – siinä menivät sitten lämmityssäästöt sen siliän tien.

Puhelinkeskus oli tuon ajan internetti ja tässä pitäjässä sitä hoiti "keskuksen Emma", jolla oli mahdollisuus kuunnella puheluita ja juoruta sitten asioita eteenpäin. Pian myös Kyöstin ja Siirin rinnakkaisheteka oli kylillä tiedossa. Sitten Kyöstille alkoi tulla arkoja kyselyjä, josko tuota lemmiskelysoppea voisi vuokrata. Se oli yllättävää, mutta kyllähän kavereita pitää auttaa, joten hän suostui. Siirille hän ei tästä kertonut. Liiteri oli sopivasti metsän reunassa, joten sinne pääsi huomaamatta. Rahaa Kyösti ei iljennyt ottaa, mutta vihjaisi, että jos itse jotain tuomisia keksitte niin hyvä. No se nyt oli aika selvää, että pääasiassa viinapulloja kävijät sinne jättivät. Yhtenä päivänä oli kuitenkin jätetty musta palttoo, jossa oli viesti: "Ei oo oikein mun kokoa!" Kyösti kokeili takkia ja se sopi hänen ylleen täydellisesti, tosin hän ei oikein tiennyt missä yhteydessä hän sitä käyttäisi.

Kylässä asui myös leskimies Jaakko, jolla oli pieni maatila ja oma jauhomylly. Hän oli isokoinen, pitkä mies, ja painoa taisi olla ainakin 170 kiloa. Hänellä oli naisystävä Hertta, joka oli myös aika mittava. He tapasivat silloin tällöin, ja rohkaistuttuaan halusivat kokeilla tätä Kyöstin uutta aikuiskehtoa. Pimeän turvin he saapuivat soppeen, ja olihan se aikamoista menoa, kun kaksi isoa ihmistä liikehtii. Jaakko ajatteli, että ottaa vähemmän sydämeen, jos antaa toisen tehdä työt ja asettui selälleen alimmaiseksi. Heteka valitti vaarallisesti ja muutaman väkevämmän liikkeen jälkeen heteka päästi sen tutun äänen, ja samalla pohja petti. Jaakko jäi hetekan pohjalle jumiin, eikä päässyt liikahtamaankaan. Katkenneet rautalangat tekivät myös kipeitä haavoja takamuksiin. Tilanne oli äärimmäisen hankala. Naisystävä meni kysymään apua Kyöstiltä, joka totesi, että pitää olla enemmän miehiä, että Jaakko saadaan pois. Kylässä oli vapaapalokunta ja sattumalta Kyösti oli sen palopäällikkö, joten hän keksi pistää pienet hälytykset soimaan, jolloin miehiä alkoi tulla. Jaakko odotti avuttomana ilman housuja pelkkä Jussi-paita päällään. Yritettiinhän häntä peitellä, mutta näkyivätkän siinä jossakin vaiheessa Jaakon valtavan kokoiset pallit. Jaakko nostettiin paloauton takapenkille vatsalleen ja lähdettiin viemään hoitoon.

Keskuksen Emma oli innoissaan, kun kerrankin pitäjässä tapahtui jotakin viestitettävää. Tällaisessa kohdassa yhteisö on aika raaka ja asianosaisten elämä on tällaisen nolauksen jälkeen melko vaikeaa. Kyöstin liiketoiminta joutui outoon valoon. Vaimo oli tosi vihainen ja veti heti pellit kiinni. Jotkut naiset menivät nimismiehen puheille ja vaativat Kyöstille syytettä parittamisesta. Nimismies kirjasi asian, mutta tuskin vei asiaa eteenpäin, koska hän oli itsekin ollut lemmenkiikussa. Ei tosin vaimonsa kanssa, vaan kumppanina oli ollut eräs Erja kunnantoimistosta. Lapset saivat myös käyttöönsä uuden sanan: Pallijaakkoo.

Jaakolla tilanne kuitenkin muuttui positiivisesti, nimittäin puutteessa olevat naiset alkoivat käydä Jaakon luona ostamassa jauhoja. Jaakko totesi, että kun paisti lentää suuhun, niin pitäähän se teurastaa.

Tätä ei tosin kestänyt kauaa, kunnes naisystävä Hertta sai asian selville. Hertta ei ollut vähääkään herttaisen näköinen, kun hän marssi Jaakon puheille ja ilmoitti, että jauhojen myynti loppuu tähän. Ja loppuihan se.

Kaikkien tapahtumien vuoksi Kyöstin ja Siirin mielenrauha oli tiessään, ja molemmat miettivät miten tässä näin kävi. Tunnelma oli hyvin alakuloinen ja kumpikin teki hiljaisena omia askareitaan. Sunnuntaina he päättivät mennä kirkkoon, josko sieltä löytyisi lohtua tähän tilanteeseen. Kyösti muisti saamansa palttoon ja totesi, että sehän on sopivan juhlallinen tähän kirkkomatkaan. Kanssaihmiset ihmettelivät, miten nuukana tunnettu Kyösti oli malttanut ostaa noin komean takin – sehän on muuten aivan samanlainen kuin Jokisen Pentillä, mutta istuu päällä paremmin. Virsien sanomien soljuessa tajuntaan nämä ikävät tapahtumat tuntuivat ikään kuin leijuvan menneisyyteen, ja pariskunta totesi kirkollisen hengenravinnon auttavan. Alkoi saarna, jossa pappi puhui kauniisti ja muistutti ihmisen saamasta armosta Jumalan yrttitarhassa. Mutta sitten pappi suuntasi terävän katseensa Kyöstiä ja Siiriä kohti ja saarnasi voimakkaasti: "Sinä kurja, joka olet synnin tielle joutunut, pitää sinun sieltä pois tuleman." Kyösti säikähti ja mietti: tullaan, tullaan, älä nyt hosu.

Heteka

Kotiin palatessaan Kyösti meni lemmenluolaansa katsomaan rikkoutunutta hetekaa ja muisteli apeana siinä vietettyjä riemuhetkiä. Hän aloitti hetekan korjauksen, johon meni yllättävän paljon aikaa. Samalla hän lisäsi puuttuvat jouset, joiden puute itse asiassa oli ollut syynä pohjan romahtamiseen. Edelleen hän mietti, miten saisi Siirin lepytettyä niin, että voitaisiin taas täällä pistäytyä. Illalla sängyssä Kyösti yritti hapuilla Siirin suuntaan, mutta tämä murahti vain: "Oo ny siinä", ja käänsi melko leveän takamuksensa Kyöstiin päin.

Paikkakunnalla oli pieni kahvila, jossa Kyösti hyvin harvoin kävi, mutta nyt siellä oli helsinkiläisiä miehiä, jotka juttelivat äänekkäästi ja nauroivat välillä iloisesti. Kyösti terästi jo huonoksi mennyttä kuuloaan ja kuuli joitakin sanoja, kuten lämmittely ja esileikki. Häntä nämä sanat jäivät vaivaamaan, ja pitkän harkinnan jälkeen hän päätti mennä kirjastoon, jossa pyysi lainaksi sellaista kirjaa kuin Esileikki. Kirjastonhoitaja meni kivan näköiseksi, mutta vakavoitui äkkiä ja sanoi, että sen nimistä kirjaa ei meillä ole, mutta on kyllä kirja nimeltä Oikotie onneen. Tämän Kyösti sitten lainasi ja kotiin päästyään alkoi tutkia sitä salaa. Sisältö näytti mielenkiintoiselta, ja sitten vastaan tuli kuva klitoriksesta. Siinä oli ylhäällä nappula ja se alla heltat vähän niin kuin pingviinin siivet. Kirjassa kerrottiin, että kun näitä kohtia sivellään hellästi, niin nainen saa orgasmin. Kyöstin jatkaessa teoriaopintojaan, alkoivat hommat selvitä. Tähän mennessä juttu oli mennyt siten, että siitä vain keppi reikään ja rynkytystä niin kauan, että pallit tyhjenevät. Siten vain unta palloon. Nyt tuli esille, että on siinä paljon muutakin.

Nyt kun Kyösti oli täysin oppinut, aikoi hän illalla soveltaa oppejaan käytäntöön. Aluksi hän lähti liu'uttamaan kättään pitkin Siirin reittä ja eteni siitä varovasti eri paikkoihin. Siirikin oli ollut jo niin kauan ilman, että hän ei vastustellut. Sitten Kyösti löysi tuon herkkumutterin ja nyt oltiin jo pitkällä. He totesivat, että eiköhän siirrytä sinne lemmenpesään. Oli talvipakkanen, mutta niinpä he pyrähtivät siitä pihan läpi, Kyösti flanellisissa peltikalsareissaan ja Siiri yöpaidassaan. Eräs kyläläinen oli iltakävelyllä ja näki tämän pinkaisun: "Voi helvetti – kaikkea sitä voi elämässään nähdä."

Kirjastonhoitajaa kutitti rankasti tarve kertoa asiasta, ja niinpä hän soitti keskuksen Emmalle ja vannotti tätä, että älä vain kerro kellekään. Tovin päästä alkoi kylillä jo kiertää tieto, että Kyösti on lainannut kirjan jostain vesileikeistä. Kyllähän tämä väärin kuuleminen sitten korjaantui ja selvisi lainatun kirjan oikea nimikin.

Maanantaina oli kirjaston edessä jono miehiä, jotka halusivat lainata kirjan nimeltä Oikotie onneen. Niitähän nyt ei ollut montaa kappaletta, mutta tehtiin varauslista ja Helsingistä niitä saataisiin jo ehkä seuraavalla junalla. Tämä ihmissuhteiden lähentymisten tuottama lämpöaalto levisi pitäjässä ja voitiin todeta onnellisuuden lisääntyminen. Viesti meni eteenpäin ja eräänä päivänä Hesarissa oli juttu, jossa kerrottiin erään pienen pitäjän onnellisuuden lisääntymisestä. Hesaria lukevat pääjohtajat hymähtelivät, että on se hyvä, että rahvaallekin löytyy pientä huvia.

Kyösti ja Siiri siirtyivät käyttämään siipihetekaa noin kerran viikossa. Mielessään he tiesivät olevansa näiden asioiden alkuunpanijoita, vaikka eivät siitä Jussi-patsasta saaneetkaan. Näin Kyösti ja Siiri elivät onnellisina elämänsä loppuun asti.

Muusikon elämän yhteenveto

Muusikon elämän yhteenveto

Elämähän koostuu miljoonista alitajunnassa pyörivistä ajatuksista, joista osa muuttuu tietoisiksi ja joista edelleen syntyy uusia ajatuksia, joista sitten omistaja valitsee ne, jotka lopulta muuttuvat toiminnoiksi. Alitajunnassa ajatusaihioita syntyy mielettömän monista vaikutteista alkaen vanhemmista, ja siitä eteenpäin kaikista aistittavista asioista. Vauhti on kova, jolloin käsiteltävää on myös paljon, ja on maailman ihme, että ihminen yleensä pystyy valitsemaan näistä niitä oikeita. Oikeiden ja väärien valintojen suhde sitten ratkaisee, kuinka elämässä pärjää. Jokainen kuitenkin elää elämänsä tavallaan, ja usein ratkaisujen oikeellisuus selviää ikävä kyllä vasta jälkikäteen.

Antero oli onnellisen tietämätön kaikesta tästä aivoissaan tapahtuvasta liikehdinnästä, jota hänen osaltaan oli tapahtunut jo yli kaksikymmentä vuotta. Aivotoiminnan vaikutukset olivat olleet hänelle erittäin myönteisiä, ja Antero tunnettiinkin aurinkoisena ja empaattisena miehenä. Poisnäkö oli kohtuullisen hyvä, joten naiset kyllä huomioivat hänet. Myös viisautta oli kertynyt runsaasti, ja kaikki mihin hän ryhtyi, johti hyvään tulokseen. Hän oli saanut synnyinlahjana myös jazz-musiikkitajun, jota ilman jazzin soitto ei onnistu. Pääsoittimena hänellä oli saksofoni, jonka hän jo hallitsi erittäin hyvin.

Anterolla oli oma tasokas tanssiorkesteri, jonka kaikki kuusi jäsentä asuivat eräässä keskisuomalaisessa kaupungissa, josta oli hyvä lähteä keikalle joka suuntaan. Keikkakalenteri oli täynnä ja vähintään kolmena iltana viikossa he lähtivät keikalle. Elämä oli säännöllisen epäsäännöllistä, mutta he olivat siihen tottuneet. Orkesterin tunnettuus lisääntyi vähitellen, joskin suurempi läpimurto oli vielä saavuttamatta.

Kaupungin laidalla oli autiotalo, johon oli majoittunut neljä hyvin monenlaista elämää nähnyttä miestä. Kaupunki antoi heidän olla, koska he eivät häirinneet ketään. He olivat kaikki entisiä muusikoita, ja heidän kulta-aikansa oli ollut iloinen ja vapaa kuusikymmentä- ja seitsemänkymmentäluku. He kaikki olivat rakastuneet alkoholiin niin, etteivät voineet siitä luopua. Heikko rahatilanne vaikeutti kuitenkin valtion viinan käyttöä, ja he joutuivat improvisoimaan eri aineita, joilla nupin sai edes jotenkin sekaisin. He olivat olleet päteviä muusikoita, soittaneet eri bändeissä, mutta myös yhdessä, ja ansaitsevat tässä esittelyn.

Matias, joka koko elämänsä oli ollut "Masa", oli toiminut erittäin energisenä rumpalina ja antanut aina tiiviin kompin soolosoittajille. Vaikka hänen paikkansa oli näyttämön takareunassa, pystyi hän

Muusikon elämän yhteenveto

sieltä välittämään tätä energiaansa näyttämön etureunassa oleviin tyttöihin, ja hän olikin tauolla aina se ensimmäinen, jolla oli nainen kainalossa. Henkilökohtaisessa elämässään hänen energiansa ei toiminut, ja rankan juomisen seurauksena vaimo otti lapset ja lähti teilleen.

Bassoa oli soittanut Rami. Basisteista on varmaan eniten vitsejä maailmassa, ja tässä yksi yleisimmistä: "Mitä eroa on Joulupukilla ja basistilla? No se, että joulupukilla on lahjoja." Ramin lahjoista hänen koulukaverinsa kertoi aikanaan niin, että koulussa Rami ei osannut "siis yhtään mitään". Aina kun häneltä kysyttiin jotakin, niin hän vain hymyili alistuneesti, mutta kun hän sitten pääsi basson varteen, niin eipä jäntevämpää ja monipuolisempaa komppia löytynyt lähimailta. Jokaisella on oma vahvuutensa, joka kaikkien pitäisi löytää. Perheen perustamiseen ei Ramin mielenkiinto yltänyt.

Koskettimia ja hanuria oli soittanut Eetu, jolla oli suurin vastuu pitää bändi toiminnassa. Hänellä ei tuolloin ollut perhettä, myöhemmin kyllä. Häneltä kesti kauan oppia alkoholin oikeinkäyttöä, mutta ankaran harjoittelun avulla se lopulta alkoi sujua, ja joskus meni hyvinkin lujaa.

Melkoinen vauhtiveikko oli kitaristi Simo – lempinimeltään Simppa. Hän tuntui olevan monessa paikassa yhtä aikaa ja oli yleensä aina joukon kärjessä. Hän ei kaihtanut mitään, ja näillä avuilla hänelle kertyi naisseuraa, voisi sanoa, että ihan itsestään. Humalassa häntä ei oikein pidellyt mikään, ja aina vähän aitaa kaatui siellä mistä hän meni. Soitto sujui yhtä vauhdikkaasti.

Antero sai tietää tästä vanhojen soittorosvojen majasta ja päätti mennä käymään siellä. Hän otti mukaan saksofoninsa ja Koskenkorva-pullon. Porukka oli aluksi vähän hiljainen – taisi olla menossa laskuhumala, mutta pian selvisi, että nyt tuli soittaja taloon. Tässä vaiheessa Antero otti koskispullonsa ja sanoi, että pannaanpas pojat tämä kiertämään. On melko mahdoton kuvata sitä miesten silmiin syttynyttä iloista kiiltoa, leveää hymyä ja valtavaa päivittelyä siitä, että nythän tässä juodaan oikein valtion viinaa. Tämä vilpitön ilo jatkui, kunnes joku pyysi Anteroa soittamaan heille. Antero soitti muutaman kaikille tutun jazz-standardin ja improvisoi sen makeasti. Pari kaveria itki jo avoimesti ja tunnelma oli täynnä suruvoittoista nostalgiaa. Antero sai soitostaan täysiä kymppejä ja fiilinki johdatti vanhat soitturit muistelemaan keikkapolkujaan ja samalla vähän kerskailemaan nuoremmille rennosta menosta.

Masa muisteli: "Muistakko Simppa, kun sä saattelit keikan jälkeen sitä kimmaa ja sulta jäi lompakko sen kämpille. Piti pyörtää pitkästä matkaa hakemaan. Päätettiin sitten jättää peräkärry tielle, koska pelkällä autolla pääsi nopeammin. Rami jäi vartioimaan kärryä. Kun palattiin niin kärryä ei näkynyt missään ja parin kilometrin päässä Rami oli kärryn kanssa puun takana muka piilossa." Seurasi iloista naurua – saattoi olla erikoinen näky, kun mies vetää peräkärryä kesäyössä. Masa jatkoi: "Entä muistakko Eetu sen, kun meillä oli se seitsemän miehen kokoonpano ja sä olit keikalle mennessä umpihumalassa. Päätettiin sitten ottaa sulta kengät pois ja jättää sut nukkumaan keikkabussiin. Bändi soitti sitten keikan ilman Eetua, joka sai lohdutuspalkintona 20 markkaa. "Vielä Masa jatkoi: "Entä ne siskokset, jotka odottivat aina meitä kotonaan keikan jälkeen. Toiminta oli nopeaa, eli kun Airamin lampun lanka vielä hehkui sammuessaan, niin oli akti jo käynnissä." Nyt Masan muisteluputki alkoi jo ehtyä ja keskustelu jatkui iloisena, kunnes tuntui, että tämä sessio oli tässä, ja Antero lähti.

Antero jatkoi keikkailuaan, mutta kolmen viikon jälkeen hän mietti, että pitäisikö noita kavereita käydä katsomassa uudestaan. Mielessään hän tasapainotteli sitä, että jos siitä tulee tapa, niin se ei tunnu hyvältä, mutta hän päätti kuitenkin vielä mennä ja ottaa taas koskispullon mukaan. Sama silmien kiilto ja riemu repesi talolla. Yllättäen pöydän vieressä istui kaunis nainen, mutta hänen silmiensä kiilto ja elottomuus johtui siitä, että hän oli täysin pilvessä. Antero kysyi hänestä ja miehet kertoivat, että häntä oli pienenä potkittu päähän ja jätetty omilleen, joten hänen pakotiensä oli ollut viina ja huumeet. Antero soitti jälleen vanhoja hyviä evergreenejä ja taas pari kaveria itki avoimesti. Tällainen voimakas nostalginen tunnereaktio teki hyvää kaikille. Soittajan motivaatiohan syntyy suurimmalta osin siitä, että pystyy tuottamaan kanssaihmisille miellyttäviä tunnereaktioita.

Pois lähtiessään Antero ehdotti naiselle kyytiä, johon hän väsyneenä suostui mielellään. Nainen kertoi nimekseen Meeri ja alkoi vähitellen kertoa surkeasta elämästään, jossa kaikki tuntui menneen pieleen. Antero kuunteli ja antoi Meerin kertoa kaikessa rauhassa elämästään. Tässä tilanteessa kuuntelu oli parasta, mitä hän voi tarjota. Naisen tarina oli tyypillinen, jossa vanhemmista oli tullut alkoholin oikeinkäyttäjiä ja isänsä kuoltua isäpuoli kohteli häntä huonosti. Sen verran oli kulttuuria ehtinyt tulla talouteen, että Meeri oli saanut pienenä viulun, jota opiskeli hieman. Isäpuoli ei kuitenkaan pitänyt viulunsoiton opettelusta, joka kieltämättä on aika rasittavaa kuultava, ja jonkin raastavan riidan

Muusikon elämän yhteenveto

yhteydessä huitaisi viulun sängynpäätyyn säpäleiksi. Tässä miljöössä Meerin elämä meni nopeasti alamäkeä ja pian hän myös oppi juomaan ja hakeutumaan huumejengeihin.

Antero mietti sitten, miten Meeriä voisi auttaa ja päätti ottaa ohjat käsiinsä. Hän meni Meerin luo keskustelemaan ja ehdotti lopuksi, että Meeri menisi katkaisuhoitoon. Ei se heti ollut itsestään selvää, mutta kun asiaa pohdittiin, niin väistämättä ainoaksi vaihtoehdoksi jäi hoito. Meeri oli jo niin väsynyt nykyiseen elämäänsä, että ratkaisu tuntui jopa helpottavalta. Antero vei Meerin hoitoon ja kävi säännöllisesti tapaamassa ja kuuntelemassa Meerin ajatuksia. Sitten Antero muisti, että Meeri oli soittanut viulua. Siitä paikasta hän hankki viulun ja siihen sopivia nuotteja ja vei ne Meerille sanoen, että nyt treenaat soittoa kaksi tuntia päivässä, niin puolen vuoden päästä viulu jo soi hyvin. Meerin syvällä sisällä ollut musikaalisuus nosti päätään ja hänen harjoittelunsa lähti käyntiin tuottaen mielihyvää.

Näissä puitteissa Meeri edistyi sekä elintavoissaan että soitossaan, ja hoidontarve loppui. Antero ja Meeri jatkoivat soittoharjoituksia yhdessä ja se tuntui hyvältä. He olivat myös jo niin kiintyneet toisiinsa, että alkoivat seurustella. Sitten heille tuli ajatus, että nyt mennään soittelemaan pojille. Olihan se melkoinen yllätys, kun Meeri käveli paikalle hyvinvoivana viulu kainalossa. Miehet olivat vilpittömän iloisia Meerin parantumisesta. Koskispullo kiersi ja antoi lisäpontta keskusteluun. Sitten Antero ja Meeri alkoivat soittaa. Se oli hieno hetki ja miehet olivat avoimesti liikuttuneita. Kaksi kaveria itki taas täysillä. Ilonpito jatkui hyvän aikaa. Tällaisia superhetkiä ei ihmisen elämässä niin kovin usein ole, mutta kun se hetki tulee, niin siitä saa ja pitää nauttia täysillä.

Antero oli asioissaan ennakkoluuloton ja niinpä hän keksi, että hankitaan vanhoille soittorosvoille instrumentit, niin saadaan juopottelulle vaihtoehto. Käytetyt soittokamat eivät paljoa maksaneet, joten Antero investoi niihin ja toimitti ne taloon. Kaverit olivat hämmästyneitä ja alkoivat mielissään kokeilla soittimia. Antero yllätti kuitenkin porukan sanomalla, että hän tulee vetämään bändi-harjoituksia vain silloin kun kaikki ovat selvin päin, eikä krapulaakaan hyväksytä. Tämä tuntui äkkipäältä aika kovalta vaatimukselta, mutta Antero piti tästä kiinni. Ensimmäiseksi selväksi päiväksi sovittiin seuraava sunnuntai. Miehet sinnittelivät, ja koska soitto kiinnosti, niin sunnuntaina jazz ja iskelmä soivat talolla. Musiikkia johtivat ja innovoivat Antero ja Meeri. Tämän jälkeen miehet alkoivat odottaa selviä päiviä, ja joskus meni vahingossa kaksikin päivää selvin päin.

Kanssaihmiset olivat ihmeissään kaikesta tapahtuneesta, ja alkoivat kysellä milloin soittoa voisi kuulla. Eihän se ollut ongelma, koska kaupungissa oli useita tanssipaikkoja, ja niistä järjestyi tälle uudelle ryhmälle esiintymisiä. Koko jutun erikoisuus kiinnosti, ja koska soittajat olivat päteviä muusikoita, kuulosti soitto hyvältä. Bändin nimeksi tuli Talon Pojat.

Meeri liittyi myös Anteron omaan tanssiorkesteriin ja se monipuolisti musiikkia hienosti. Jossain vaiheessa tuli esille, että Meeri osaa myös laulaa. Hänellä oli matalan käheä jazz-ääni, joka oli hyvin persoonallinen ja ennen kaikkea tunnistettava. Meeri alkoi kouluttaa lauluaan ja hyvin pian hän hallitsi ääntään ja esiintymistään hyvin. Joillekin onni hymyilee – Meerille se merkitsi oikeiden suhteiden löytymistä, jotka veivät eteenpäin. Tämä merkitsi sitä, että Meeri pääsi levyttämään ja sai laulettavakseen sävelmiä, joista kansa piti. Tällöin myös suosio nousi kohisten ja Meerin piti pidätellä, että jalat pysyivät maassa.

Antero oli sitkeä viemään asioita eteenpäin, ja hän sai aikaiseksi sen, että kaupungin suurimmassa tilassa pidettäisiin iso hyväntekeväisyyskonsertti, joka televisioitaisiin. Siellä lämmittelybändinä olisi Talon Pojat ja pääesiintyjänä Anteron oma orkesteri. Tämä oli tietenkin Talon Pojat -bändille aikamoinen juttu, ja sitä odotellessa kaverit olivat huomaamattaan selvinpäin päiväkausia. Konsertin aika tuli ja väkeä oli paikalla runsaasti. Kaikki meni hyvin ja kuulijat olivat tyytyväisiä. Konsertista oli useita lehtiartikkeleita, joissa orkesterien taustoista kerrottiin laajasti. Talon Poikien asuintalossa lehtiartikkelit kerättiin seinille muistoksi. Konsertin myötä myös miesten itsetunto nousi, eivätkä he enää kehdanneet näyttääkään surkeilta pultsareilta, eli pukeutuminen parani ja selvien päivien määrä lisääntyi.

Tuli kuitenkin aika, jolloin näiltä vanhoilta soittajilta päivät loppuivat. Hautajaisten liikuttavin hetki oli aina, kun Antero ja Meeri soittivat saksofonilla ja viululla surumusiikin. Näiden kaikkien miesten hautajaismuistot jäivät monien kanssaihmisten mieliin.

Anterolla ja Meerillä yhteiselo tiivistyi, he menivät naimisiin ja lapsiakin alkoi tulla taloon. Antero ja Meeri pyrkivät elämään rikasta elämää, ja miettivät välillä, mitä kaikkia asioita aivojen läpi on kulkenut, että ollaan nyt tässä vaiheessa. Näin he elivät täyttä elämää, kunnes kuolema heidät erotti.